עברית
一週學好
現代希伯
來語字母！

信不信由你，

新版

猶太拉比艾恩宏博士（Dr. Ephraim Einhorn）
台灣猶太社群會長 Benjamin Schwall 推薦

許史金 著
夏益多（Ido Shargal）審閱・錄著

百歲人瑞猶太拉比推薦序

　　希伯來語是所有語言之母。希伯來語是《聖經》之母，《摩西五經》、《先知書》、《文集》皆以希伯來語撰述。記錄西元前5世紀到西元5世紀中的2000多位學者思想與言論的猶太聖典──《巴比倫塔木德》（BABYLONIAN TALMUD）與《耶路撒冷塔木德》（JERUSALEM TALMUD）也是以希伯來語撰寫。猶太人數千年誦讀的《猶太禱告書》也是希伯來語。現代以色列國也是說希伯來語。希伯來語連接了傳統與現代。

　　希伯來語也出現在我們的生活，或許你的英文名字就是希伯來名字。男性的亞當（Adam）、亞伯拉罕（Avraham）、便雅閔（Binyamin）、丹尼爾（Daniel）、大衛（David）、以馬內利（Emanuel）、加百列（Gabriel）、以薩（Isaac）、雅各（Jacob）、約書亞（Joshua）、拉法葉（Raphael）、撒母耳（Samuel）、所羅門（Salomon）；女性的瑞秋（Rachel）、利百佳（Rebekah）也都是猶太名字。這些希伯來名字迄今仍是猶太人與非猶太人間常見的名字。希伯來語中「CHEN」（意思為「恩惠」），甚至是華人中大姓「陳」（CHEN）。

　　相信嗎？你可能也會說希伯來語。全球基督教會常說的「阿門」、「哈利路亞」兩字，也是希伯來語，意思分別為「誠心相信」與「讚美主」！

　　讀者藉由本書將可循序漸進學會希伯來語22個字母，期許本書成為協助讀者進入猶太文化的鑰匙。

財團法人台北市猶太教會 拉比

Dr. Ephraim Einhorn

註：拉比「רבי」（ra-bi）之於猶太教，有如牧師之於基督教。拉比字面意義是老師，除了宗教層面外，也是智慧象徵、紛爭的仲裁者，備受尊敬。

＊親愛的艾拉比已於 2021 年 9 月 15 逝世，享嵩壽 103 歲，長眠於以色列──他最愛的國家。

台灣猶太社群會長推薦序

　　這本《信不信由你，一週學好現代希伯來語字母！》在台灣發行第三版，台灣猶太社群（Taiwan Jewish Community）相當興奮。一本關於希伯來語——一種來自遙遠小國且相對鮮為人知的語言的書籍，能在地球另一端的小國引發如此濃厚興趣，這真是美妙的故事！

　　正如已故的艾恩宏拉比（1918-2021，願他的記憶永存）多年前推薦此書時指出的，希伯來語對大多數人來說可能很陌生，但它實際上是世界上許多語言和宗教的重要根基，並對全球影響深遠，儘管大多數人對此並不知曉。這充分體現了台灣人民的好奇心，他們渴望理解這隱藏的根基並持續探索。正是這種持續學習的渴望，猶太人和台灣人民的共同特質，促成了本書第三版的出版，我們深信，艾恩宏拉比亦會深感欣慰！

台灣猶太社群（Taiwan Jewish Community）會長

Benjamin Schwall

愛上以色列，戀戀希伯來

　　愛上一個人，尤其是外國人，你會想更多認識他（她）的生活方式、文化習慣與語言。我學希伯來語就是愛上以色列的症候群！透過學習語言，讓我更親近以色列與猶太文化！

　　語言是一個民族文化的濃縮，學習語言，就是觸摸此民族的靈魂。猶太民族歷經滅國且流亡列國 2000 多年，其文化仍然保存，這是因為文字保存了文化並代代相傳，而其結果就是猶太人在藝術、文學、科學上的成就超越其他民族。如猶太人僅佔全球人口之 0.2%，但截至 2023 年為止，諾貝爾獎個人得主中有 22% 為猶太人。而現代希伯來語則是讓此古老語言復活，再度由書面與宗教走入現代人的生活。

　　本書是第一本華文現代希伯來語教材，能在西元 2018 年以色列國建國 70 周年時首版上市，不但具有紀念性，也是一個里程碑。而今，能在希伯來年 5785 年五旬節隆重發行第三版，也就是「新版」，也代表台灣讀者依然有著探索以色列與猶太文化潮流的好奇心。

從陌生到熟練

希伯來語對我們來說是非常陌生的語言，陌生的楔形文字、帶有喉音的發音、由右往左的寫法，都和我們熟悉的語言體系不同。儘管如此，有了本書介紹希伯來語的發音，循序漸進，提供字帖練習印刷體與手寫體兩種寫法，有體系地學習字母，並提供字母文字字源幫助理解與記憶，相信一定能夠學得快、學得好。同時，每個字母選有 4 個單字與短句，我們所選用的單字不僅是常用也是重要單字，期待讀者可以輕鬆學習，盡速上手。

本書降低進入希伯來語的門檻，我們邀請想一窺以色列與猶太文化智慧與美好的讀者，一起進入希伯來語的世界。

學語言也如談戀愛，從陌生到熟悉，從拙口笨舌詞不達意，到朗朗上口流利自如，你需要的是與戀人──希伯來語更多的相處，多說、多聽、多練習！

且讓我們一起來學現代希伯語，更接近以色列與猶太文化吧！

寫於希伯來 5785 年五旬節

特別注意

希伯來語特殊的書寫方向

屬於閃族語系的現代希伯來語，書寫方向是「由右往左」。在閱讀、學習本書的單字、句子時，千萬不要忘記「由右往左」這個準則喔！

一週七天，學好現代希伯來語字母

全書將希伯來語字母分成最能輕鬆學習的 5 天份量。第 6 天開始就能學習簡單生活單字及會話！

印刷體與手寫體

每個字母皆附上印刷體與手寫體，並有筆畫指示寫法，唯有同時學習希伯來語兩種字體才能閱讀無礙！

字母的象形字源

特別收錄每個字母的象形字源，一起搭配聯想學習，字母更好記！

邊寫邊記

為了讓讀者熟悉特殊的希伯來語字母，設計了八方格的習寫練習，邊寫邊記，學習字母好簡單。

如何使用本書

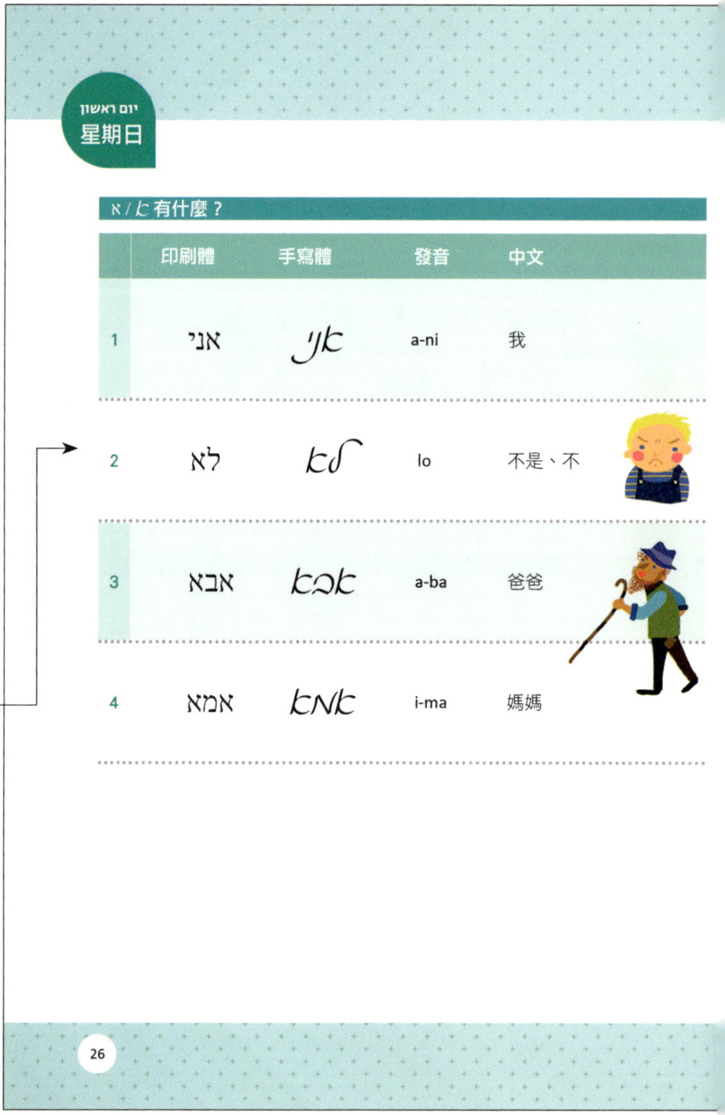

| | 星期日 יום ראשון | | | |

א / ב 有什麼？

	印刷體	手寫體	發音	中文
1	אני		a-ni	我
2	לא		lo	不是、不
3	אבא		a-ba	爸爸
4	אמא		i-ma	媽媽

有什麼

列出與該字母相關的重要單字，跟著音檔，由右往左念念看，字母單字一網打盡。

26

希伯來語名師親錄音檔

特聘希伯來語母語人士錄音，示範最標準的現代希伯來語，要你輕鬆開口說。

猶太文化

謹言語勿多舌

大家會不會覺得現代希伯來語第一個字母就不發音很奇怪？但這是猶太的智慧喔！因為「開口之前，先安靜思考」才是智慧。畢竟一言既出，駟馬難追。

猶太人一天是從晚上開始的，因為聖經創世紀記載，神創造天地有晚上有白天是一日，所以是先有了晚上，之後才有白天。直到現代，猶太人一天開始還是從晚上計算，例如安息日是週六，但是週五晚上日落之後就進入安息日。

猶太文化

精選最有趣的猶太文化、節日與習俗小知識，一窺猶太人的思想與生活方式就趁現在！

説説看

אולי.

u-lai

也許。

説説看

除了單字之外，本書更蒐羅了簡單實用的句子，就算只學會字母，還是能享受運用希伯來語的樂趣。

如何使用本書

總複習
學完了一天所規劃要學習的字母後,來快速複習字母的寫法和發音吧!

自我測驗
學習完後也別忘了打鐵趁熱,用活潑的連連看、聽寫與念念看,輕鬆測驗學習成效!

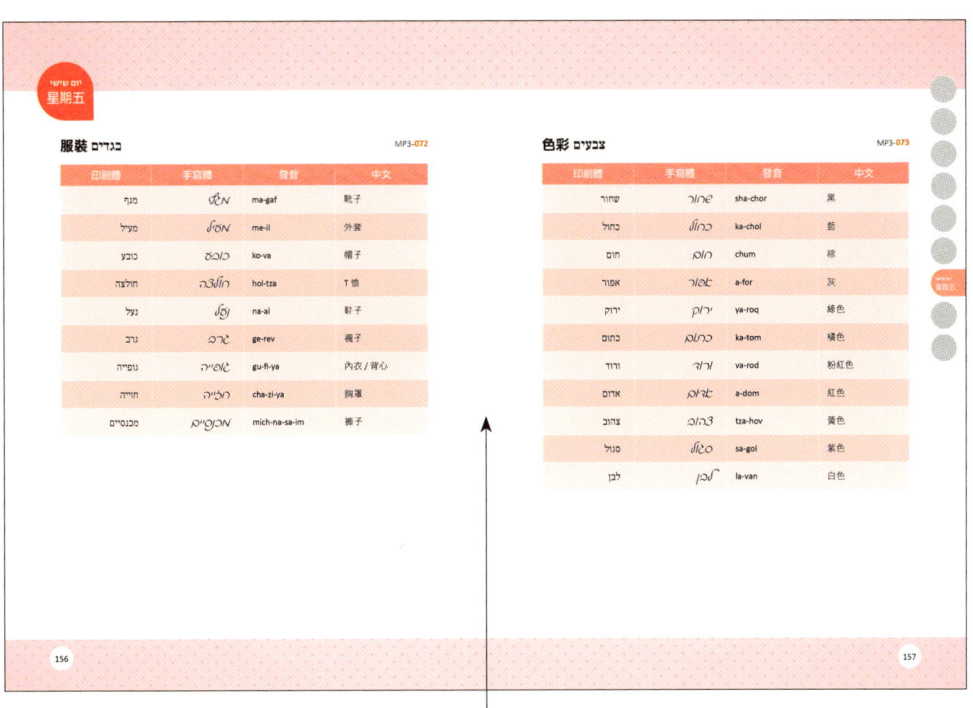

進階學習

成功學完所有的字母後,星期五、星期六開始,就能學習簡單的單字與句子。不同於前面搭配字母的學習內容,這邊依照主題分門別類,相關單字、句子一次學習,更容易上手!

如何掃描 QR Code 下載音檔

1. 以手機內建的相機或是掃描 QR Code 的 App 掃描封面的 QR Code。
2. 點選「雲端硬碟」的連結之後,進入音檔清單畫面,接著點選畫面右上角的「三個點」。
3. 點選「新增至「已加星號」專區」一欄,星星即會變成黃色或黑色,代表加入成功。
4. 開啟電腦,打開您的「雲端硬碟」網頁,點選左側欄位的「已加星號」。
5. 選擇該音檔資料夾,點滑鼠右鍵,選擇「下載」,即可將音檔存入電腦。

תוכן 目次

百歲人瑞猶太拉比推薦序｜ 002

台灣猶太社群會長推薦序｜ 003

作者序｜ 004

如何使用本書｜ 006

前言 מבוא ｜ 015

星期日 יום ראשון ｜ 023
「א」、「ב」、「ג」、「ד」、「ה」

星期一 יום שני ｜ 047
「ו」、「ז」、「ח」、「ט」、「י」

星期二 יום שלישי ｜ 071
「כ」、「ך」、「ל」、「מ」、「ם」、「נ」、「ן」

星期三 יום רביעי ｜ 103
「ס」、「ע」、「פ」、「ף」、「צ」、「ץ」

星期四 יום חמישי | 131
「ק」、「ר」、「ש」、「ת」

星期五 יום שישי | 153
實用生活單字

星期六 יום שבת | 179
實用會話短句

附錄 נספח | 189
附錄 1：希伯來語母音
附錄 2：自我測驗解答

מבוא
前言

希伯來語是猶太人所使用的語言。
希伯來語在以色列滅國後，
僅在宗教上使用，
日常所使用的現代希伯來語在以色列建國前才振興重現，
進入現代人的生活中。
請讀者注意希伯來語書寫方向是「從右到左」。

前言
מבוא

　　希伯來語是猶太人所使用的語言。猶太人是一個古老又神祕的民族，目前約有 1,500 萬人，其中約一半生活在以色列，4 分之 1 以上在美國。這個民族是傳說中上帝所揀選，西元 1 世紀歷經滅國苦難，流離列國 2 千年，二戰時幾乎被納粹滅族，二戰後建立自己的國家──以色列，一個從廢墟與沙漠中誕生、由智慧與創新所建立的先鋒國。

　　我們華人號稱有 5 千年歷史，卻說不出具體年分，但猶太人可以清清楚楚告訴你，從上帝創造亞當起算，今年（2024 年 10 月起）是希伯來曆 5,785 年。

　　為什麼要學希伯來語（文）呢？第一個原因是可以藉由學習希伯來語來認識希伯來文化，畢竟一種語言背後往往蘊含著該民族的智慧。而猶太人可說是世界上最聰明的民族之一，所以學習希伯來語可以第一手認識這充滿智慧的民族，免掉一層面紗。

　　其次，以色列既是創新之國，同時也擁有為數眾多宗教歷史古蹟的地方，它融合新舊，又神祕又新穎，因此吸引商業投資與觀光旅遊湧入。如果你在以色列能開口說一句簡單希伯來語，便可以拉近人與人的距離。

死裡復活的口說語言──現代希伯來語

　　希伯來語和以色列這個國家一樣，都是從死裡復活。公元前 722 年和 586 年，猶太南國（以色列國）和北國（猶大國）先後被亞述人征服、被巴

比倫人滅國。而公元前 63 年羅馬人入侵以色列後，大部分猶太人被趕出迦南地，流亡歐美各國。於是，希伯來的口語也隨著亡國而消失，只有使用在聖經與禱告書的書寫希伯來語（聖經希伯來語），因猶太教會堂（類似教會的地方）會讀經和禱告，而被流傳下來。而猶太人間的口語，則是使用流亡國家的語言，也就是「亞蘭語」（Aramaic）或是「意第緒語」（Yiddish）。

俄裔猶太人以利以謝‧本雅胡達（Eliezer Ben-Yehuda，1858-1922）被稱為「希伯來語復興之父」。他是第一個提出復興希伯來語概念的人，大力推動希伯來語為日常用語。希伯來語能作為口語並在猶太人中成功復活，他貢獻良多。本雅胡達於 1881 年移民回到當時的巴勒斯坦，和其他具有共同理念者一起創立希伯來語報紙（1884 年），並成立希伯來語委員會（1890 年），而後更編纂現代希伯來語字典，將原本只用於宗教的希伯來語，發展出在日常生活中使用的字彙和文法。本雅胡達曾說：「只要是我們能回到自己的故土，建立自己的國家，希伯來語就得復活。」

本雅胡達為希伯來語復興運動立下基礎，希伯來語透過教育在巴勒斯坦普及，1922 年巴勒斯坦成為英國的託管地後，便將希伯來語、英語與阿拉伯語一起列作官方語言。1947 年 11 月 29 日，聯合國大會通過決議，決定在巴勒斯坦分別建立以「阿拉伯人」為主、和以「猶太人」為主的兩個國家。1948 年 5 月 14 日以色列正式成立，世界各國都有猶太人回歸，希伯來語也成為凝聚國家的力量。

現代希伯來語概要

　　首先，希伯來語屬於閃族語系（Semitic languages），字母分為印刷體與手寫體，不分大小寫。文字的書寫方向是「**從右到左**」，和同語系的阿拉伯語相同。每個字母的大小都不同，書寫時可以想像有一方格子，分為 8 等分，以方便掌握比例。一如其名，印刷體是印刷用，手寫體是書寫用，但是為了商業美術設計之便，商品廣告和招牌以手寫體呈現者越來越多，兩種字體都需要學會辨識與書寫，方能自由運用。

　　第二，希伯來語雖是表音文字，但書寫文字只有子音（又稱輔音；consonants），沒有母音（又稱元音；vowels）。字詞的讀音與字義，依上下文來辨別，不需要用母音注音符號特別標明。如何辨別讀音與字義，只有多背單字來克服。現在希伯來語初學者教科書、字典、童書有時會標有母音注音符號，幫助學習。此外，聖經與禱告書一般都標有母音注音符號。

希伯來語的字母表與發音

　　希伯來語字母有 22 個，其中 5 個字母（ץ、ף、ן、ם、ך）具有字尾形。此外每個字母有自己的名字，例如，第一個字母「א」叫做 alef，不發音。比較特別的是，希伯來語每個字母有其代表的數值，如「א」表示為 1。

字母表與發音

印刷體	手寫體	名稱		數值	發音	
א	ც	אלף	alef	1	不發音	-
ב	ව	בית	bet	2	b 或 v	ㄅ或 v
ג	₹	גמל	gimel	3	g	ㄍ
ד	3	דלת	dalet	4	d	ㄉ
ה	ѷ	הא	hey	5	h	ㄏ
ו	/	וו	vav	6	v	（無發音類似的注音）
ז	う	זין	zayin	7	z	ㄗ
ח	∩	חית	chet	8	ch（喉音）	ㄏ（喉音）
ט	6	טית	tet	9	t	ㄊ
י	'	יוד	yod	10	y	ㄧ
כ ך（字尾形）	⊃ ?	כף	kaf	20	k / ch	ㄎ
ל	∫	למד	lamed	30	l	ㄌ
מ ם（字尾形）	N ∞	מם	mem	40	m	ㄇ
נ ן（字尾形）	J /	נון	nun	50	n	ㄋ
ס	O	סמך	samech	60	s	ㄙ
ע	♂	עין	ayin	70	不發音	不發音

前言

印刷體	手寫體	名稱		數值	發音	
פ ף（字尾形）	♂ ℐ	פא	pey	80	p 或 f	ㄆ或ㄈ
צ ץ（字尾形）	3 ℐ	צדי	tzadi	90	tz	ㄗ
ק	₽	קוף	kuf	100	k	ㄎ
ר	⁊	ריש	resh	200	r	字首ㄖ，字尾ㄦ
ש	ℓ	שין	shin	300	sh 或 s	sh 或ㄙ
ת	ℐ	תו	tav	400	t	ㄊ

希伯來語的音節與重音

希伯來語可分為「開放音節」與「封閉音節」：

開放子音：為 (1) 母音；(2) 子音 + 母音（或雙母音）

封閉音節：為 (1) 母音 + 子音；(2) 子音 + 母音 + 子音

希伯來語的重音通常在最後一個音節，偶爾在倒數第二音節。但希伯來語對於重音的發音要求不高，自然即可。

希伯來語的母音

希伯來語的母音有：/a/、/e/、/i/、/o/ 和 /u/ 共 5 個。

希伯來語的文字，原本只有子音，沒有母音。一直到了公元 6 到 9 世紀，才由馬索拉的文士（抄寫聖經的人）編制出一套母音系統，而且為了不影響聖經文本，才在子音上加以「點或線」等方式來書寫母音，這套系統稱為「Niqqud」（希伯來語注音符號）。

現代希伯來語較少使用這種注音符號，也就是不會在子音上標「點或線」來標記母音。但是在目前聖經和禱告書等宗教書籍、字典、兒童圖書上，還是可以看見標記母音的希伯來語，因此我們會在本書附錄中，標示給有興趣的讀者參考。歷史上希伯來語的母音有長母音、短母音與縮母音，但是現代希伯來語已歸納省略之。母音在口腔內的發音位置如下：

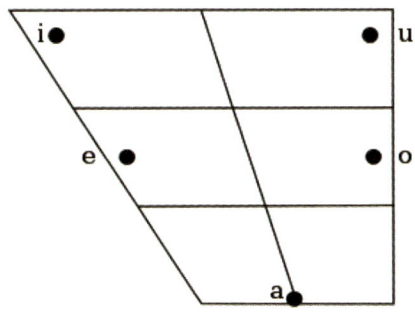

星期日 יום ראשון

由於猶太人一週的第一天是星期日，
所以我們也從星期日開始學習希伯來語字母。
讓我們一邊學習希伯來語、一邊學習猶太文化，
同時以週日當作每週的第一天吧。
今天我們要學的是「א」（alef）、「ב」（bet）、
「ג」（gimel）、「ד」（dalet）、「ה」（hey）5 個字母，
學習目標是記住其發音、印刷體與手寫體的寫法。
今天學習的單字音節雖少，但是都很重要、常用，如爸爸、媽媽等。
首先請大家先記住，希伯來語是由右往左書寫，
本文所有的希伯來語單字和句子都是如此。
大家在閱讀希伯來語時，千萬不要搞錯方向了！

MP3-**001**

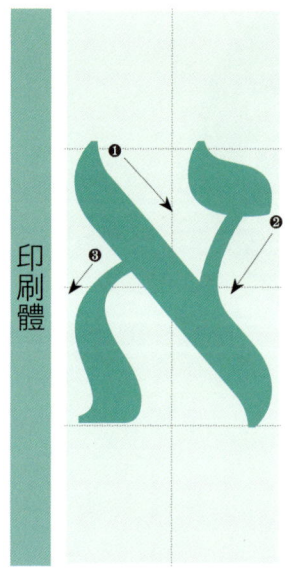

印刷體

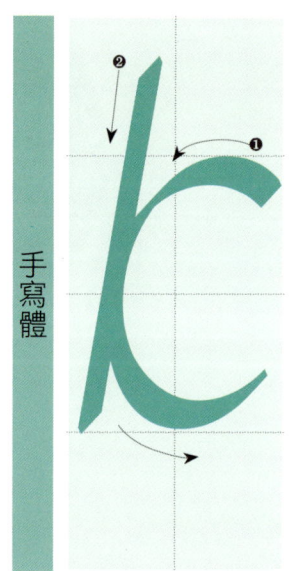

手寫體

字母名稱：אלף (alef)　　發音：**不發音**

重點

- 發音：希伯來語字母的發音，通常等於字母名稱的第一字母的發音，但是「א」是例外。它本身不發音，是用來配合其他母音符號發 a、e、i、o、u 5 種不同的音。
- 寫法：注意印刷體「א」寫法是 3 畫，和英語的「x」不同。請參考字帖習字，運用 8 小格的空間，「א」填滿中間四格。而手寫體「ﾋ」則是先寫右邊像英語「c」的部分，左邊再一撇，使用了 5 格小方格。

24

字源

「א」源自於「公牛」,古代象形文字意義表示「力量」、「領袖」。

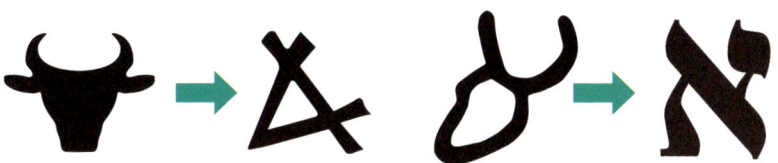

寫寫看

יום ראשון
星期日

א/אָ 有什麼？

	印刷體	手寫體	發音	中文
1	אֲנִי	אני	a-ni	我
2	לֹא	לא	lo	不是、不
3	אַבָּא	אבא	a-ba	爸爸
4	אִמָּא	אמא	i-ma	媽媽

猶太文化

謹言語勿多舌

大家會不會覺得現代希伯來語第一個字母就不發音很奇怪？但這是猶太的智慧喔！因為「開口之前，先安靜思考」才是智慧。畢竟一言既出，駟馬難追。

猶太人一天是從晚上開始的，因為聖經創世紀記載，神創造天地有晚上有白天是一日，所以是先有了晚上，之後才有白天。直到現代，猶太人一天開始還是從晚上計算，例如安息日是週六，但是週五晚上日落之後就進入安息日。

說說看

u-lai
也許。

星期日

MP3-**003**

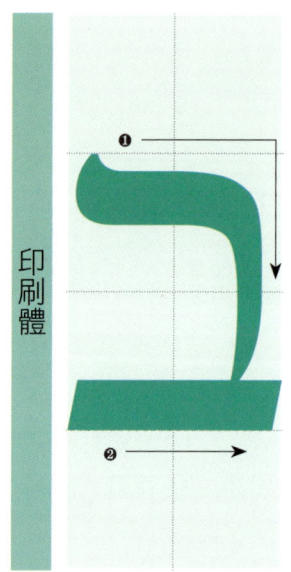

印刷體

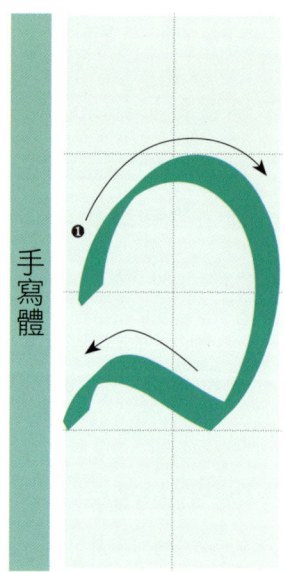

手寫體

字母名稱：בית (bet)　　發音：b / v

重點

- 發音：這個字有兩個發音，發「b」時類似注音「ㄅ」；發「v」時嘴型呈張開狀態，牙齒咬住嘴唇。本字原來由中間有點的「בּ」(bet) 與「ב」(vet) 而來，因現代希伯來語省略了字裡面的點，所以兩者整合。

- 寫法：印刷體和手寫體都使用中間四個格子。請注意印刷體的「ב」，它的第二畫是凸出去的，不要和星期二要學習的印刷體「כ」(kaf) 混淆了。手寫體寫法則是由左上缺口往右畫圈似地一筆畫完成。

字源

「בּ」源自於「帳篷」或「房子」，古代象形文字意義為「家庭」、「家」。

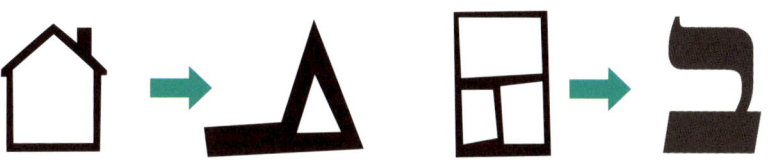

寫寫看

ב/בּ 有什麼？

	印刷體	手寫體	發音	中文
1	בוא	בוא	bo	來
2	בית	בית	beit	房子
3	בוקר	בוקר	bo-ker	早上
4	חלב	חלב	cha-lav	牛奶

猶太文化

會堂「בית כנסת」（beit ke-ne-set）

　　會堂之於猶太教，有如教堂之於基督教，不僅是猶太人信仰的中心，也是教育與文化的中心，尤其在以色列滅國之後，流離各國 2000 多年的猶太宗教與文化，皆因會堂而得以保留。隨著猶太人流散全世界，全球各個地方也可以看到會堂。以色列第二大城特拉維夫的大流散博物館內收集了全球會堂的模型，其中也有來自中國開封者。

　　會堂建築相傳是依照聖殿的架構設計，主要有一置放《妥拉》經卷的經文櫃，只有在猶太男子 10 人以上在場時，才可以打開經文櫃取出妥拉經卷閱讀。聚會時男女性分開，讀經禱告以男子為中心舉行。

* 《妥拉》為猶太教聖典，詳見第 79 頁。

説説看

בבקשה.
be-va-ka-sha
請。

星期日

MP3-**005**

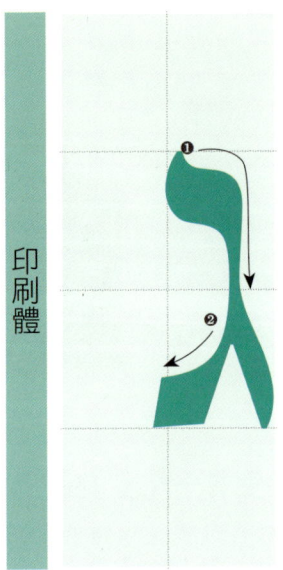

印刷體

手寫體

字母名稱：גמל (gimel)　　發音：g

重點

- 發音：「ג」的發音為「g」，類似注音的「ㄍ」。
- 寫法：印刷體「ג」僅使用右方中間 2 個方格，整個字母只占右半邊，為一窄型的字母。手寫體「ᘿ」，使用了上方 6 格的空間，從上一筆寫下，像一個朝右的魚鉤，由於字體的關係，起筆的部分有人寫得較直。和第二天（第 52 頁）要學習的「ʒ」（zayin）鉤子的開口相反，請小心。

字源

「ג」源自於「駱駝」，古代象形文字代表意義為「動物」、「驕傲」、「高舉」。

寫寫看

33

יום ראשון
星期日

ג/ג 有什麼？

	印刷體	手寫體	發音	中文
1	חג		chag	假日
2	גשם		ge-shem	雨
3	גוף		guf	身體
4	גמל		ga-mal	駱駝

猶太文化

住棚節「סוכות」（su-kot）

住棚節是歡樂的節日，持續 7 天，日期約在西曆 9 或 10 月，起源是紀念上帝帶領猶太人出埃及後，走在曠野（沙漠）、住在棚子裡的日子。所以在住棚節期間，家家戶戶甚至街上餐廳或咖啡廳，都會搭棚子，並在裡面懸掛一些裝飾物或水果等。

但住棚節的棚子不能搭得太豪華或繁雜，一定要簡單，因為帳篷只是暫住沙漠的象徵，頂棚不能太密，要可以看到星星，這也提醒我們住在地上是暫時的，天上的家鄉才是永恆的。

住棚節也是慶祝秋天收成豐收的節日，走上路上大家會彼此祝賀「חג שמח」（chag sa-me-ach）。有信仰的猶太人會持著香櫞果、棕樹枝、桃金孃枝、柳樹枝等 4 種植物，後 3 種會綁成束，到會堂或西牆禱告。值得一提的是，聖經上特別將住棚節定為除了以色列國以外世界各國人民到耶路撒冷去見上帝的假日，若想拜訪以色列，住棚節是最好的時機。

說說看

חג שמח.

chag sa-me-ach
假日快樂。

יום ראשון
星期日

MP3-**007**

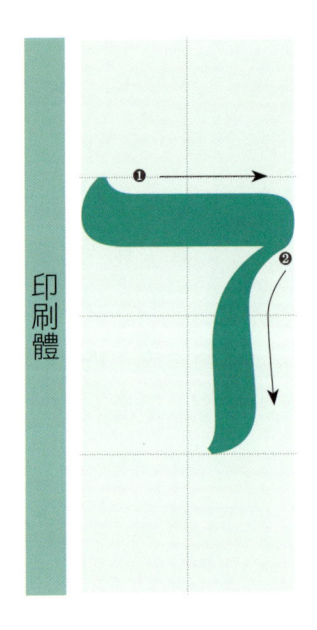

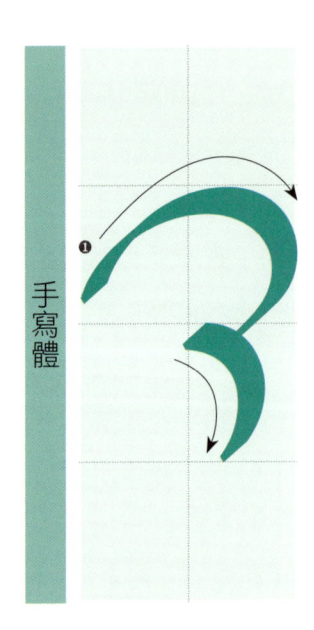

印刷體

手寫體

字母名稱：דלת (dalet)　發音：d

重點

- 發音：「ד」的發音為「d」，類似注音的「ㄉ」。
- 寫法：本字母印刷體和手寫體運用中間 4 格。印刷體「ד」寫法為兩筆畫，第一畫的橫畫，要突出於第二畫的直畫。注意和之後的第 136 頁的「ר」（resh）不同。手寫體「ɜ」由左上起筆，一筆書字，很像阿拉伯數字 3。

字源

「ד」源自於「門」，古代象形文字的意義為「通道」、「進入」。

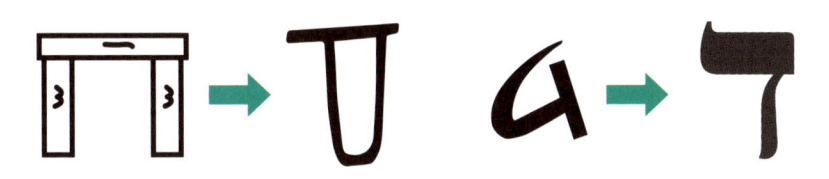

ד ← ᗡ ← ∪ ← 門

寫寫看

דד

ךך

יום ראשון
星期日

ד/ג 有什麼？

	印刷體	手寫體	發音	中文
1	דג	ᵈᵍ	dag	魚
2	דם	ᵈᵐ	dam	血
3	אדם	ᵃᵈᵐ	a-dam	人類
4	דלת	ᵈˡᵗ	de-let	門

猶太文化

妥拉「תורה」（to-ra）

《妥拉》字面意義為教導、指引，是猶太精神與文化的核心，其影響超越於宗教層面。狹義的《妥拉》指摩西五經，即聖經最前面的 5 卷書（《創世紀》、《出埃及》、《利未記》、《民數記》、《申命記》），廣義也指所有猶太宗教典籍和所有的註釋書。

説説看

תודה.

תודה.

to-da
謝謝。

יום ראשון
星期日

MP3-**009**

印刷體　　　手寫體

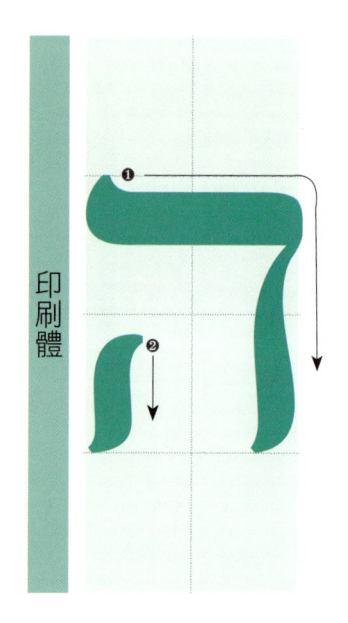

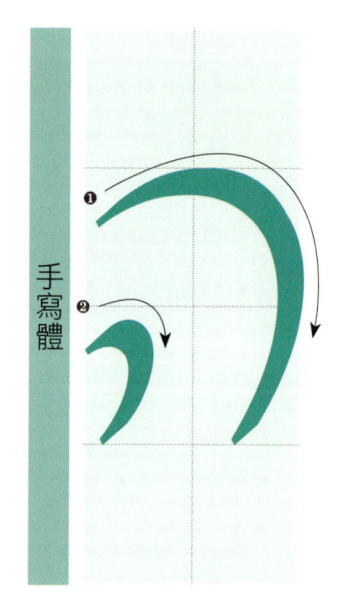

字母名稱：הא **(hey)**　　發音：**h**

重點

- 發音：「ה」的發音為「h」，類似注音的「ㄏ」，但帶有喉音。
- 特殊發音：這個字母置於母音 a（ㄚ）後時，字尾不發音。如謝謝「תודה」（to-da）的「ה」不發音。
- 寫法：本字母印刷體與手寫體都是在中間 4 格。注意印刷體「ה」的第二畫，和第一畫沒有連在一起，要留有一些空隙，如果沒有留空隙就會變成「ח」（chet）（請見第 56 頁）。手寫體「ה」筆順由右側起書寫，為 2 畫。

字源

起源於「看」，古代象形文字的意義為「定冠詞」或「顯露」。

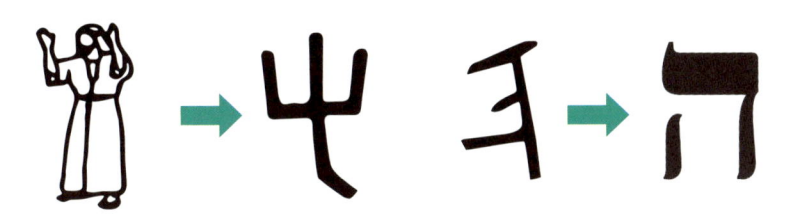

寫寫看

יום ראשון
星期日

ה/ה 有什麼？

	印刷體	手寫體	發音	中文
1	־ה	־ה	ha	定冠詞（the）
2	היא	היא	hi	她
3	הם	הם	hem	他們（男性）
4	היום	היום	ha-yom	今天

MP3-**010**

猶太文化

數算日期的智慧

「יום」（yom）意思為「一天」，加上定冠詞「ה」（ha），成為「היום」（ha-yom）「今天」。猶太人認為每個今天都是特定的一天，因此要把握當下，享受新的每一天。一週最重要的是週六──安息日「שבת」（sha-bat）。

猶太曆月份有「民曆」和「聖曆」兩種算法，民曆紀念上帝的創造，第一個月是「提斯利月」（即聖曆 7 月）；聖曆是紀念上帝的救贖，出自出埃及的逾越節，定「尼散月」14 日為正月初一，猶太曆與西曆的希伯來語說法，請參考星期五（第 167 頁）。

另外，每 7 年有一安息年「שמיטה」（shim-ta），每 7 個安息年循環後的那一年，就是第 50 年，稱為禧年「יובל」（yo-vel），皆出自聖經。安息年與禧年土地需休耕，現今以色列政府有鼓勵，但不強制，下一個安息年為自 2028 年 9 月 20 日起。

說說看

מה זה?

מה זה?

ma ze
這是什麼？

יום ראשון 星期日

MP3-011

第一天複習

今天我們學習了 5 個字母，分別是「א」、「ב」、「ג」、「ד」、「ה」。再一次回顧，提升記憶。

印刷體	א	ב	ג	ד	ה
手寫體	ן	ﬠ	ﻊ	ʃ	ɧ
字母名稱	alef	bet	gimel	dalet	hey
發音	X（不發音）	b 或 v	g	d	h
注音	-	b 為 ㄅ 或 v	ㄍ	ㄉ	ㄏ

希伯來語很有趣吧，你已經學會 5 個字母了！加油！

自我測驗

1. 配配看：把相同字母的印刷體與手寫體配成一對吧！

　　א　　　ג　　　ב　　　ד　　　ה
　　•　　　•　　　•　　　•　　　•

　　•　　　•　　　•　　　•　　　•
　　ᴎ　　　ᴋ　　　ᴊ　　　ᴅ　　　ꓘ

2. 寫寫看：請聽音檔寫下字母。 MP3-012

　　　　　　手寫體　　　　　　　　印刷體
　(1) _____　　_____
　(2) _____　　_____
　(3) _____　　_____
　(4) _____　　_____
　(5) _____　　_____

3. 念念看： MP3-013

　(1) אבא　爸爸
　(2) בית　房子
　(3) גוף　身體
　(4) היום　今天

4. 連連看：

　(1) דג •　　　　• (a) 門
　(2) בית •　　　• (b) 牛奶
　(3) דלת •　　　• (c) 魚
　(4) חלב •　　　• (d) 房子

יום שני
星期一

　　我們今天要學習的字母為「ו」（vav）、「ז」（zayin）、「ח」（chet）、「ט」（tet）、「י」（yod）等 5 個字母，需要特別注意「ו」（vav）和「י」（yod）會被借用為母音符號：「ו」發「U」（ㄨ）和「O」（ㄛ）；「י」則發為「I」（ㄧ）。

יום שני
星期一

MP3-**014**

印刷體

手寫體

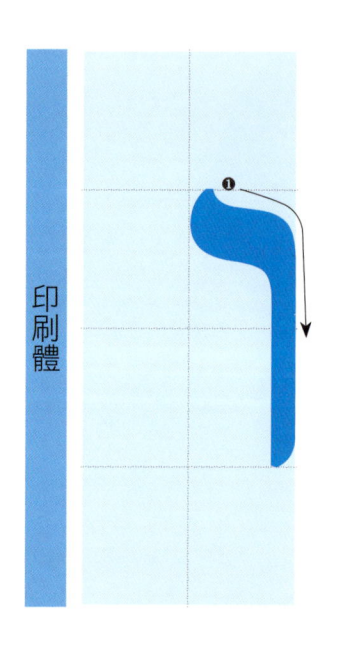

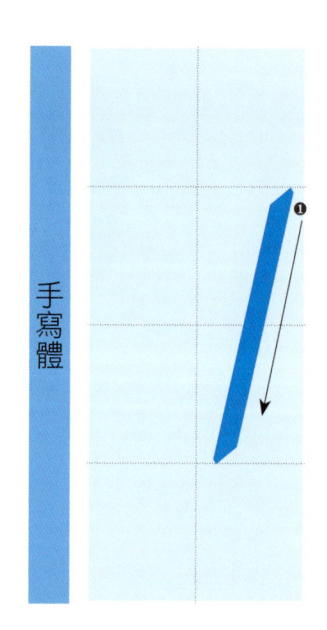

字母名稱：**ו (vav)**　　發音：**v**

重點

- 發音：發音為「v」。有時候會被借用為母音，發「u」（ㄨ）和「o」（ㄡ）的音，請注意！
- 寫法：印刷體「ו」是一個窄型的字，書寫在右半邊中間 2 個方格中，由左往右寫一小橫，之後再往下直筆畫滿方框，太短或太長都會和其他字母混淆，寫太短會像「י」（yod），寫太長則像是「ן」（nun sofit）。「ו」只有一筆畫，也不要和下一個字「ז」（zayin）搞混。手寫體「/」則是由右上向左下畫一撇，也是寫在中間 2 格中。

字源

「ו」源自於「釘子」或「橛子」，古代象形文字意義為「連接詞」、「增加」、「安全感」。

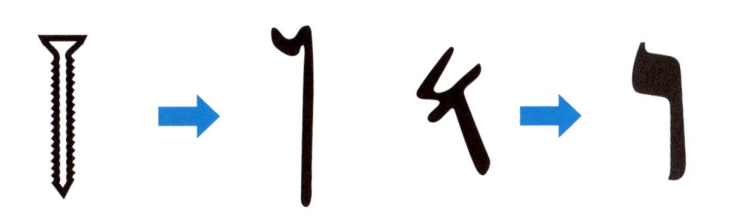

寫寫看

יום שני
星期一

ו / / 有什麼？			
	印刷體	手寫體	發音	中文
1	ו...	/...	ve	和（連接詞）
2	ורד	ורד	ve-red	玫瑰
3	וסט	וסט	vest	背心
4	ורוד	ורוד	va-rod	粉紅色

猶太文化

普珥節

　　普珥「פורים」（pu-rim）原意為抽籤。普珥節是紀念在波斯帝國治理下，猶太一族差點被滅族，但在波斯帝國皇后以斯帖的智慧下反敗為勝的歷史。慶祝時間約在西曆 2、3 月間。

　　現今普珥節有如美國的萬聖節，大家會裝扮成有趣的人物慶祝。節日當天會堂中會宣讀記載該故事的聖經「以斯帖記」，小孩子聽到故事中壞人哈曼的名字會發出噓聲、踏腳聲或用玩具（笛子等）發出聲音，淹沒壞人的名字，在嚴肅的會堂看到化裝成公主、英雄的孩子大喊大叫非常有趣。這一天，傳統上猶太人會吃一種三角餅乾，叫做哈曼的耳朵「אוזני המן」（oz-nei ha-man），還有轉陀螺。普珥節可說是小孩最愛的節日。

説説看

בוא הנה.

בוא הנה.

bo he-na
到這裡來。

＊請注意這裡的「ו」唸 o，被借用為母音符號。

יום שני
星期一

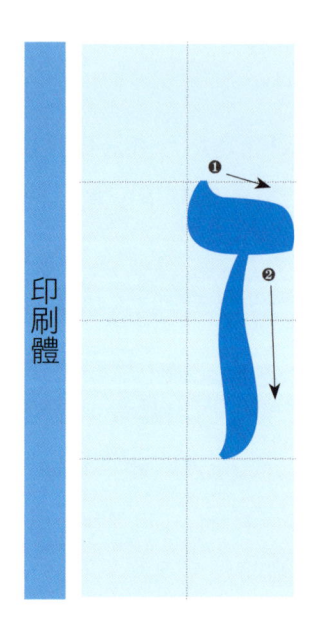

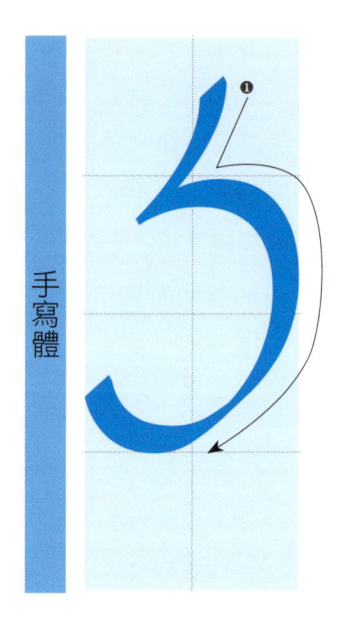

MP3-016

印刷體

手寫體

字母名稱：זין (zayin)　　發音：z

重點

- 發音：發音類似注音的「ㄗ」。
- 寫法：這個字的印刷體「ז」是一個窄型的字，寫在右半邊的中間 2 格裡。很像是「棍子上綁石頭」。這個字總共有 2 畫，不要和上一個字「ו」（vav）搞混了。手寫體「ﾌ」像是一個開口朝左的魚鉤，請勿與第一天的「ﾆ」（gimel）混淆。

字源

「ז」源自於「武器」（斧頭），古代象形文字代表的意義為「切」、「割」。

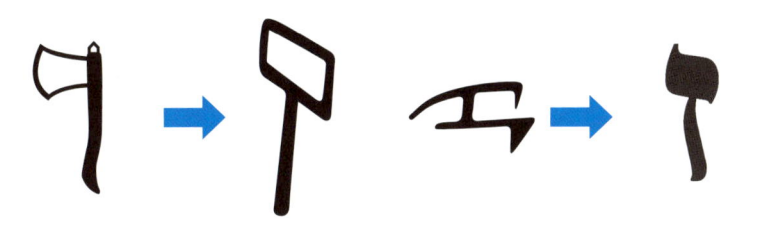

寫寫看

יום שני
星期一

53

יום שני 星期一

ז / 有什麼？

	印刷體	手寫體	發音	中文
1	זה	זה	ze	這個/這
2	זול	זול	zol	便宜
3	חזק	חזק	cha-zak	強壯
4	זהב	זהב	za-hav	黃金

猶太文化

猶太成年禮

　　猶太人成年禮「בר מצווה」（bar mitz-va）在男子 13 歲時舉行，主要儀式為在眾人面前朗讀妥拉，表示已經是一位在信仰上獨立的成人，儀式中 7 位長輩會以讀經禱告祝福成年者，也代表傳承。很多旅居海外的猶太人會到西牆廣場「הכותל」（ha-ko-tel）前辦成年禮，整個隊伍由糞廠門「שער האשפות」（sha-ar ha-ash-pot）附近開始前進，舉「華蓋」、打鼓、歌唱、跳舞，非常歡樂！傳統成年禮只有男孩，但近代 20 世紀前葉開始有女孩的成年禮，視宗派不同為 12 歲或 13 歲。向猶太人祝賀成年禮，可以說恭喜「מזל טוב」（ma-zal tov）。

*「華蓋」為 4 根木棍加 1 塊布組成的小棚子，詳見第 115 頁。

說說看

מזל טוב.

ma-zal tov
恭喜。

יום שני 星期一

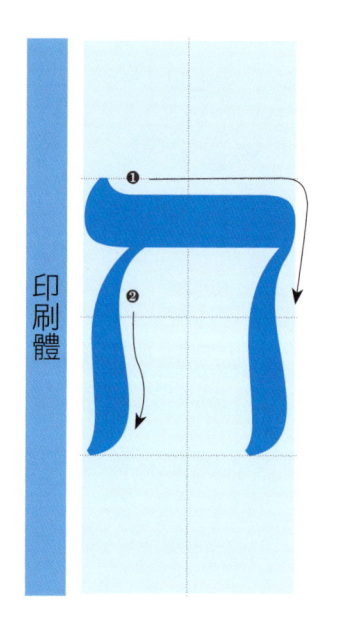

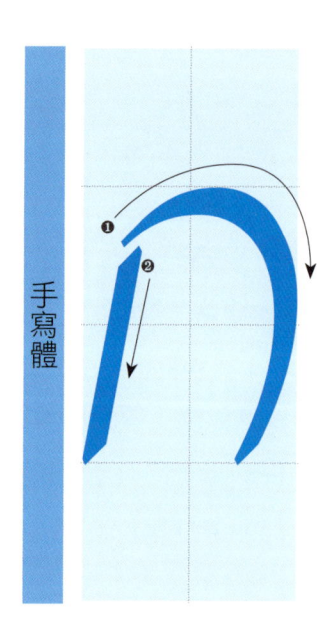

MP3-**018**

印刷體

手寫體

字母名稱：חית (chet)　　發音：ch

重點

- 發音：類似注音的「ㄏ」，但是喉音較強。
- 寫法：印刷體「ח」的寫法第一畫和第二畫要連起來，不要和第一天的「ה」（hey）弄混了。手寫體「ח」為兩畫，由外面的一畫起寫，兩筆畫要連在一起或靠近一些，不要和第一天的「ה」（hey）弄混了。

字源

「ח」源自於「籬笆」、「內室」，古代象形文字意義為「私人」或「分離」。

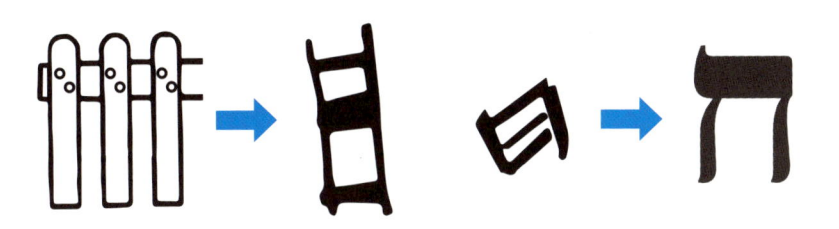

寫寫看

יום שני 星期一

ח/ח 有什麼？

	印刷體	手寫體	發音	中文
1	חפר	חפר	cha-far	（他）挖了
2	חיים	חיים	cha-yim	生命
3	חלום	חלום	cha-lom	夢
4	חלה	חלה	cha-la	辮子麵包

* 希伯來語動詞會隨主語與時態變化，本處動詞「挖」為男性單數過去式。

猶太文化

辮子麵包

辮子麵包是猶太人日常生活中非常重要的食物，週五晚上開始的安息日，到週六晚上安息日結束前，三頓餐都需要食用，每餐需要擺上 2 個辮子麵包。此習慣源自於聖經《出埃及記》，在出埃及後的曠野中，上帝賜給猶太人嗎哪「מן」（man）當食物。嗎哪每一天會從天降下，大家只能取一天份，但是安息日因為不能工作，所以週五可以取二份。故此安息日需要在餐桌上擺放 2 個辮子麵包。而「嗎哪」因為在猶太人進入迦南地時，神就不再賜下，所以已經失傳，故以麵包代替。

說說看

תן לי הנחה.

ten li ha-na-cha

（請）打折。

יום שני
星期一

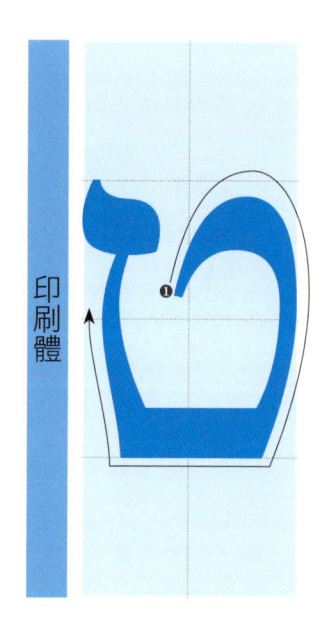

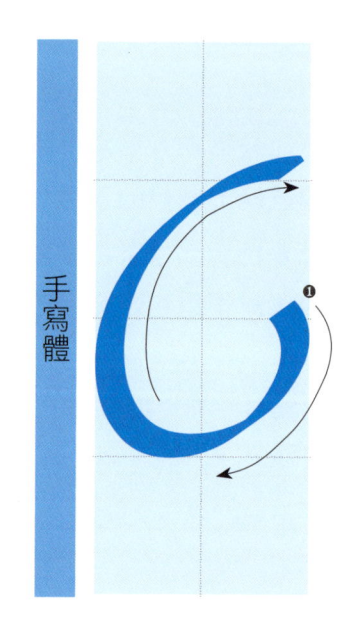

MP3-**020**

印刷體

手寫體

字母名稱：טית **(tet)**　　發音：**t**

重點

- 發音：發音類似注音的「ㄊ」。
- 寫法：印刷體「ט」要由右上起筆至左上一筆寫成。手寫體「𝒢」也是由右起筆，往逆時針方向畫個圓弧，兩者皆使用中間 4 格的空間。

字源

「ס」源自於「蛇」，古代象形字意義為「包圍」。

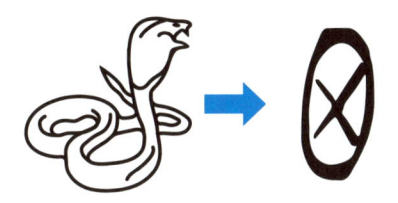

寫寫看

יום שני
星期一

ט / ס 有什麼？

	印刷體	手寫體	發音	中文
1	סלט	סלט	sa-lat	沙拉
2	סרט	סרט	se-ret	電影
3	טוב	טוב	tov	好
4	טעים	טעים	ta-im	好吃

猶太文化

打招呼

「טוב」這個字超好用，念起來很像「豆腐」，加上「早上」、「晚上」，就是「早安」、「晚安」。第 7 天會仔細教大家！

猶太人最常用也是最重要的打招呼語是沙龍「שלום」（sha-lom），見面和分手時都可以使用，可以視場合翻譯為「你好」或「再見」。「שלום」字義指身心靈整合的狀況，也可以翻譯成「平安」，如果只選一個問候語，建議學會「שלום」，祝福人身心靈整合總是受歡迎的。而週五晚上日落後到週六日落間，見面時與分手打招呼則用一律說安息日平安：「שבת שלום」（sha-bat sha-lom）。

說說看

בוקר טוב.

bo-ker tov

早安。

יום שני
星期一
MP3-**022**

印刷體

手寫體

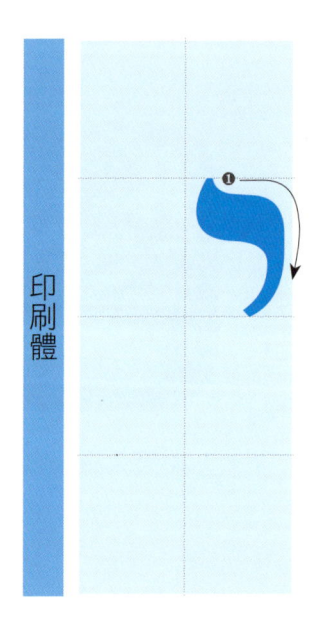

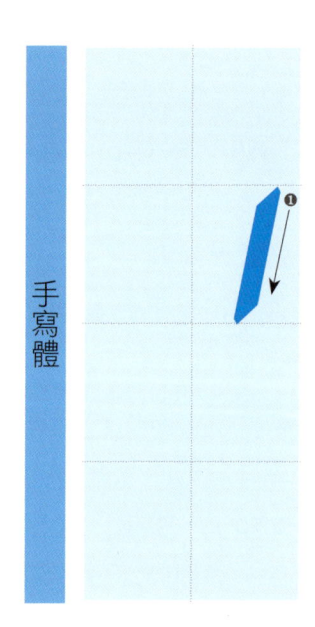

字母名稱：יוד (yod)　　發音：y

重點

- 發音：「י」發音為 /y/，類似注音的「一」，有時候被借為母音時，發英語音標 /i/ 的音，請注意。
- 寫法：「י」是現代希伯來語字母當中書寫所占面積最小的，使用本書 8 格中的 1 個空格，寫太長，或太寬都會和其他字弄混，請注意比例。手寫體亦同。

字源

「ㄆ」源自於「手」，古代象形文字意義為「工作」、「做」。

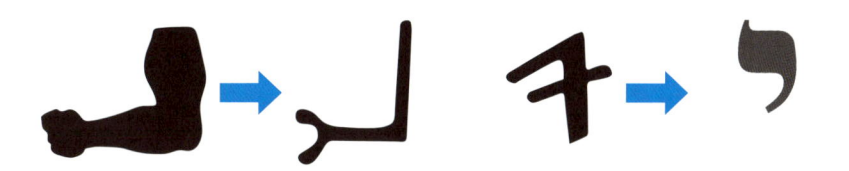

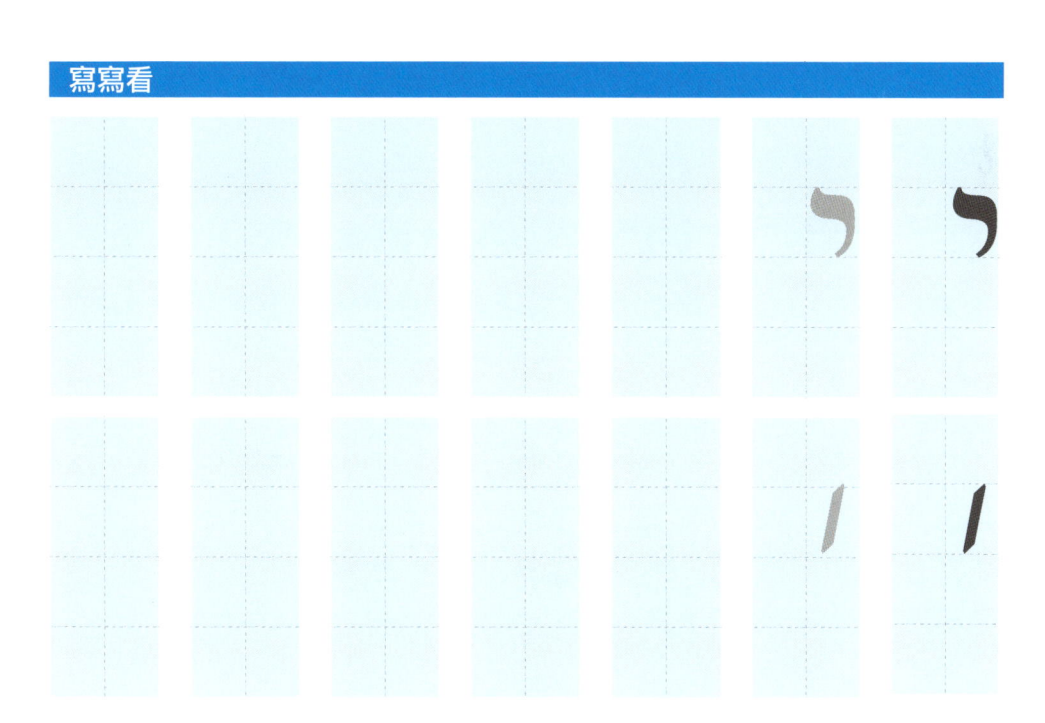

寫寫看

יום שני
星期一

׳/ / 有什麼？

	印刷體	手寫體	發音	中文
1	ים	י׳ם	yam	海
2	יפה	יפה	ya-fe	美麗的、好
3	ישר	ישר	ya-shar	誠實的
4	ירח	ירח	ya-re-ach	月亮

MP3-023

猶太文化

小字母大道理

「׳」是所有現代希伯來語字母最小的，耶穌說神的話語一筆一畫都不可廢去，這一筆一畫就是指這個「׳」。在猶太祈禱書上看到兩個「׳」寫成的「״」就代表上帝名字的縮寫，唸成 a-do-nai（主），小小字母卻有深遠含意。

說說看

אין בעיה.

אין בעיה.

ein be-a-ya
沒問題。

＊請注意這裡的第一個「׳」為母音符號，第二個「׳」是子音。

星期一

MP3-024

第二天複習

我們今天又學習了 5 個字母，再一次回顧，提升記憶。

印刷體	ו	ז	ח	ט	י
手寫體	∕	⌠	∩	6	'
字母名稱	vav	zayin	chet	tet	yod
發音	v	z	ch（喉音）	t	j
注音	（無注音）	ㄗ	ㄏ（喉音）	ㄊ	ㄧ

注意：「ו」（vav）和「ז」（zayin）的印刷體外型很像，請注意分辨。

自我測驗

1. 配配看：把相同字母的印刷體與手寫體配成一對吧！

   ו　　ז　　ח　　ט　　י
   ●　　●　　●　　●　　●

   ●　　●　　●　　●　　●
   ∩　　/　　ʒ　　ʹ　　G

2. 寫寫看：請聽音檔寫下字母。MP3-**025**

   　　　　　　手寫體　　　　　　　　印刷體

   (1) _____　_____
   (2) _____　_____
   (3) _____　_____
   (4) _____　_____
   (5) _____　_____

3. 念念看：MP3-**026**

   (1) יפה 美麗

   (2) טוב 好

   (3) חיים 生命

4. 連連看：

   (1) חלה ●　　　　● (a) 海

   (2) ורד ●　　　　● (b) 辮子麵包

   (3) ים ●　　　　● (c) 玫瑰

יום שלישי
星期二

我們今天將學習的 4 個字母為「כ」（kaf）、「ל」（lamed）、「מ」（mem）、「נ」（nun），其中「כ」（kaf）、「מ」（mem）、「נ」（nun）這 3 個字母都有字尾型。

יום שלישי
星期二

MP3-**027**

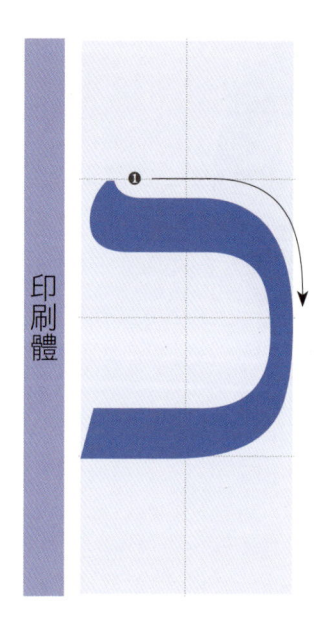

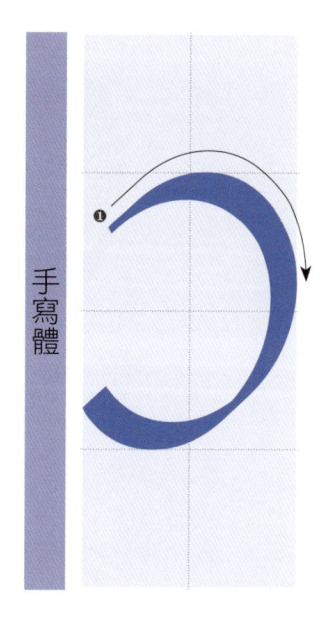

印刷體

手寫體

字母名稱：כף **(kaf)**　　發音：**k / ch**

重點

- 發音：發音為「k」（ㄎ）和「ch」（ㄏ）。
- 寫法：本字母用到 8 格中間 4 格，印刷體「כ」要一筆畫完成，由左上畫半圈；手寫體亦同，像是畫半個圈圈。
- 字尾形：現代希伯來語中，包含「כ」，總共有 5 個字母有字尾形。「כ」的字尾形，將在下一個字母段落說明。等 5 個字母都學完後，再一起整理字尾形。

字源

「כ」源自於「手掌」，古代象形文字代表的意義為「遮蓋」、「打開」、「允許」。

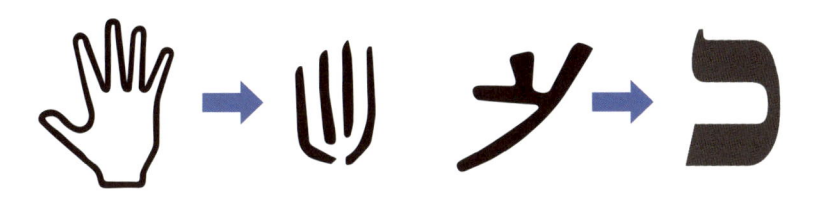

יום שלישי
星期二

寫寫看

יום שלישי
星期二

כ/ך 有什麼？

	印刷體	手寫體	發音	中文
1	כן	כן	ken	好、是的
2	כיסא	כיסא	ki-se	椅子
3	כלב	כלב	ke-lev	狗
4	כיפה	כיפה	ki-pa	猶太小圓帽

猶太文化

猶太小圓帽

依照習俗，猶太男士應戴一頂小圓帽。猶太小圓帽希伯來語為「כיפה」（ki-pa）。其來源一說是頭上有天，不可頭直接對天，所以要以帽相隔；一說是每個人頭上只有一小塊天，所以要謙卑。無論何者為真，戴「כיפה」都表示對上帝的敬畏或謙卑。

在以色列旅遊進入宗教性神聖之處，如西牆、會堂；或是有紀念性的場所如大屠殺紀念館的兒童紀念館，均會要求男士戴上「כיפה」以表敬意。

「כיפה」過去以黑色或深藍為主，目前質材與圖樣非常多樣化，是以色列旅遊不錯的伴手禮。

説説看

כמה זה עולה?

ka-ma ze o-le

這個多少錢？

יום שלישי 星期二

MP3-**029**

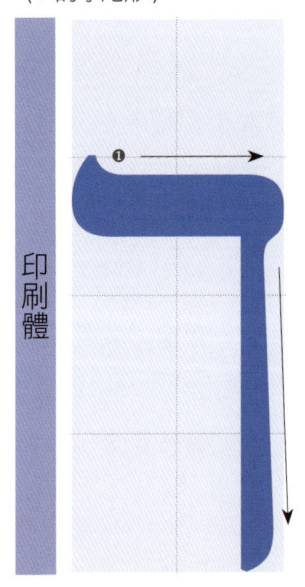

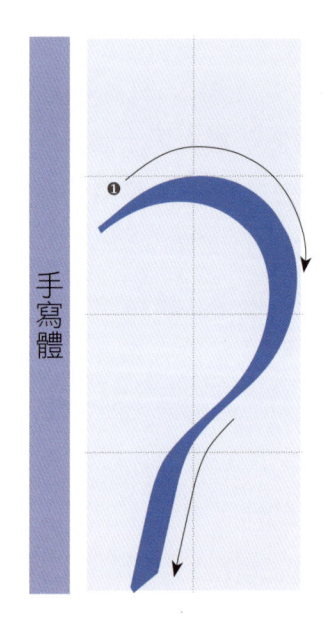

（כ 的字尾形）

印刷體

手寫體

字母名稱：כף סופית (kaf sofit)　　發音：**ch**

重點

- 發音：發音為「ch」（ㄏ）。
- 寫法：本字母印刷體與手寫體均利用 8 格中的下方 6 格，印刷體「ך」要一筆畫完成，由左上起筆，往下延伸下來即可，邏輯很簡單，就是字尾拉長就對了。手寫體「ך」則是由左上起筆，一筆畫出類似畫開口向左、鉤身在上的魚鉤；注意不要和第二天「ך」（zayin）弄混。

字源

「ך」為「כ」的字尾形,所以古代象形文字的字源相同。

「כ」源自於「手掌」,古代象形文字代表的意義為「遮蓋」、「打開」、「允許」。

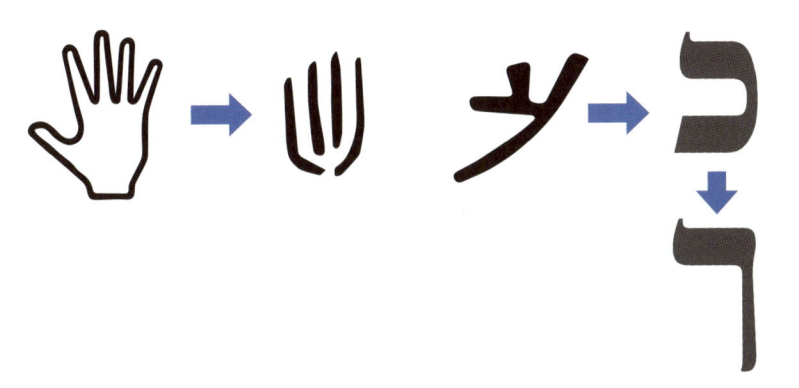

יום שלישי
星期二

寫寫看

יום שלישי
星期二

ך/ך 有什麼？

	印刷體	手寫體	發音	中文
1	רך	רך	rach	軟的
2	אך	אך	ach	但是
3	דרך	דרך	de-rech	道路
4	מלך	מלך	me-lech	國王

猶太文化

塔納赫「תנ״ך」（ta-nach）

「תנ״ך」是由以下 3 種聖典的字首所組成的字，泛指猶太教的聖經。

1. 《妥拉》「תורה」（to-ra）：字面意思是「教導、訓誨」，《創世紀》、《出埃及》、《利未記》、《民數記》、《申命記》共 5 卷書，相傳是摩西寫的，所以通稱摩西五經。

2. 《先知書》「נביאים」（na-vim）：字面意思是「先知們」，記錄了猶太領袖先知事蹟，共 8 卷書，詳列如下：《約書亞記》、《士師記》、《撒母耳記》（上、下）、《列王紀》（上、下）、《以賽亞書》、《耶利米書》、《以西結書》、《十二先知書》。

3. 《文集》「כתובים」（ke-tu-vim）：字面意思是作品集，共 11 卷，內容主要關於禮拜儀式、詩歌、文學、歷史；詳列如下：《詩篇》、《箴言》、《約伯記》、《雅歌》、《路得記》、《耶利米哀歌》、《傳道書》、《以斯帖記》、《但以理書》、《以斯拉記》、《尼希米記》和《歷代志》。

說說看

תנ״ך

ta-nach
塔納赫

*「״」此符號是表示此字彙是由 3 個單字的字首組成，不發音也跟發音無關。

יום שלישי 星期二

MP3-**031**

印刷體　　　手寫體

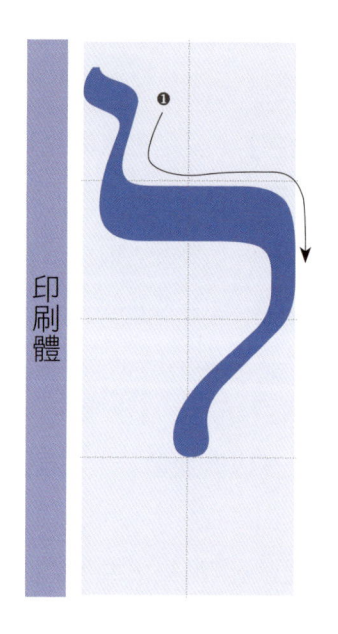

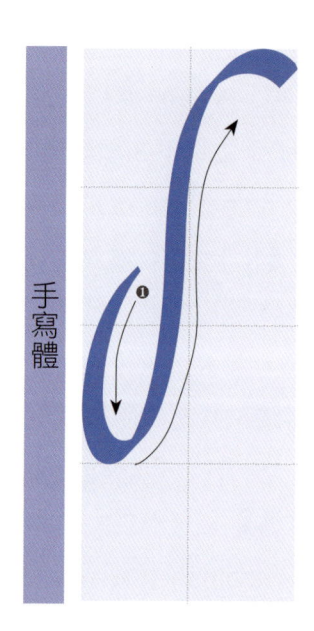

字母名稱：למד (lamed)　發音：l

重點

- 發音：發英語的「l」，類似注音的「ㄌ」。
- 寫法：本字母運用到 8 格中的上方 6 格。「ל」在所有希伯來字母中可說是鶴立雞群，高出大家一截。若是畫一條線來寫希伯來字母，所有字的頂部都是貼在線下，只有「ל」突出在水平線上。印刷體「ל」由左上起筆，寫直線後轉橫線，最後再轉為直線，很像注音符號的「ㄣ」，但線條不是直的。手寫體「ℓ」的寫法很特別，是由字的肚子下方，由先往下逆時鐘方向畫小圈後往上拉長，橫跨上方 6 格。

字源

「ל」源自於「牧羊杖」，古代象形文字的象徵意義為「控制」、「權柄」。

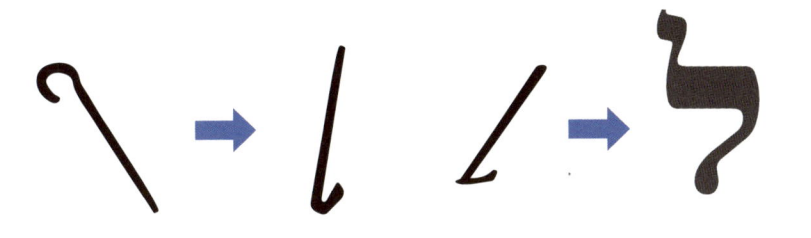

寫寫看

יום שלישי
星期二

ל/ﬥ 有什麼？

	印刷體	手寫體	發音	中文
1	לב	ﬥב	lev	心
2	קל	קﬥ	kal	容易
3	ילד	יﬥﬢ	ye-led	男孩
4	ילדה	יﬥﬢה	yal-da	女孩

猶太文化

致生命的美好

「לחיים」（le-cha-im）是在喝酒舉杯時所說的話。由我們前面曾學過「חיים」（生命），加上「ל」（le）（致）組成，整句話的意思就是「致生命」，可以意譯為乾杯，但是更有內涵。

由於猶太教並不禁酒，酒在安息日與一些節日（如逾越節家宴）扮演相當重要角色，需要用酒祝禱。在以色列建國之前，法國猶太人因支持建國，便投資設立葡萄酒莊，提供工作機會，故此以色列境內許多大型酒莊技術源自法國 5 大酒莊，葡萄品種與風味都源自法國。今日也有許多小型精品酒莊興起，訪問以色列可以多享用質優而價廉、CP 值高的葡萄酒。

說說看

לחיים.

le-cha-im
乾杯。

יום שלישי 星期二

MP3-**033**

印刷體

手寫體

字母名稱：מ (mem)　　發音：m

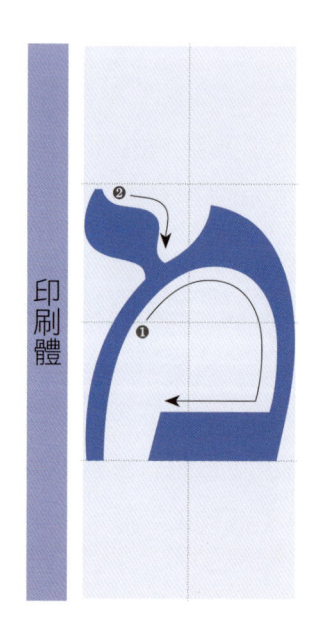

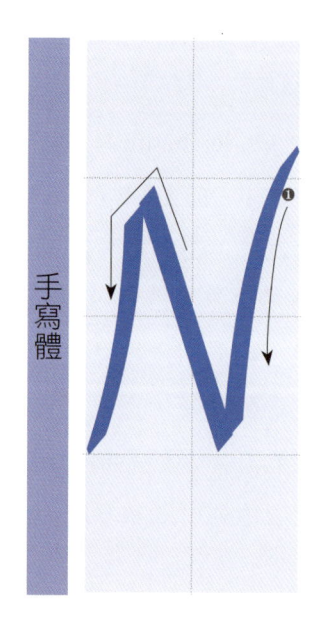

重點

- 發音：「מ」的發音為英語的「m」，類似注音的「ㄇ」。
- 寫法：本字母運用 8 格中間 4 格，為方形的字；印刷體「מ」有時會因為字體所以看來圓圓的，第一筆可以寫成由左下到由右上畫直線，後往下拉成一個三角形。手寫體「N」則是很像英語字母「N」，但是筆順是由右上往左邊寫。
- 字尾形：「מ」也有字尾形，將在下一字母段落學習。

字源

「מ」源自於「水」，古代象形文字中代表的象徵意義為「液體」、「大量」、「混亂」。

יום שלישי
星期二

寫寫看

יום שלישי
星期二

מ / א 有什麼？

	印刷體	手寫體	發音	中文
1	מה ?	אה ?	ma	如何？什麼？
2	שמח	שמח	sa-me-ach	快樂
3	מים	מים	ma-yim	水
4	מצח	מצח	me-tzach	額頭

MP3-**034**

猶太文化

出入蒙福

猶太人家門框上，習慣放一個經文盒「מזוזה」（me-zu-za），經文裡放著寫有聖經經文（《申命記》6:4-9 和 11:13-21）的羊皮卷，以符合這兩段經文所敍述的：要將神的話「寫在你房屋的門框上」。有些人進門時，會先將手觸嘴，後再輕觸「מזוזה」。這類似親吻的動作，是為了表明愛慕神的話語。

說說看

מה נשמע?

ma nish-ma
最近在忙什麼？

יום שלישי
星期二

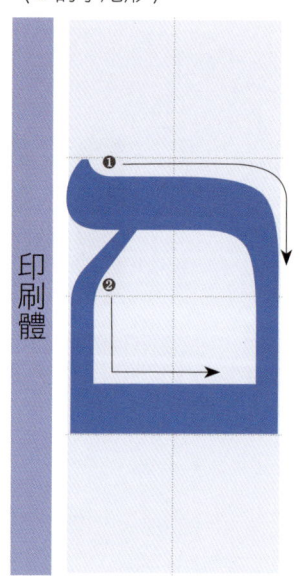

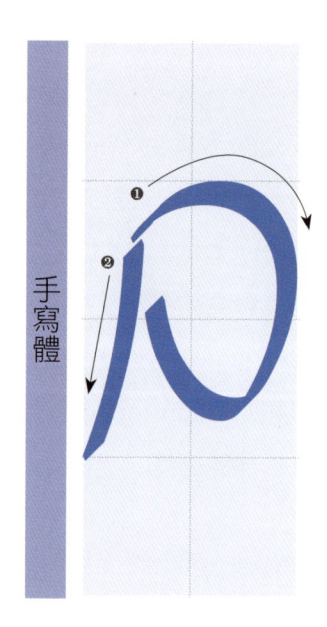

MP3-**035**

（ם 的字尾形）

印刷體

手寫體

字母名稱：מם סופית (mem sofit)　發音：m

重點

- 發音：「ם」因為是「מ」的字尾形，所以發音相同，都是發為英語的「m」，類似注音的「ㄇ」。
- 寫法：本字母運用 8 格中間的 4 格，為方形的字；印刷體「ם」由兩筆寫成，第一筆由左上往右平拉，像是寫「口」第二畫，第二筆則為由左上起筆處往下後向右拉橫，與第一畫相連。手寫體則是由左上起筆，橫畫圓，到左上後往下拉，看起來像方向相反的「a」。

88

字源

「ם」是「מ」的字尾形，所以古代象形文字的字源相同。

「מ」源自於「水」，古代象形文字中代表的象徵意義為「液體」、「大量」、「混亂」。

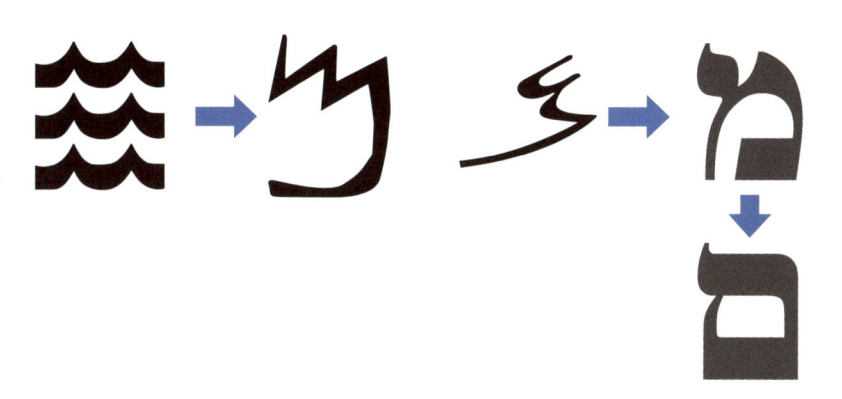

寫寫看

יום שלישי
星期二

ם / מ 有什麼？

	印刷體	手寫體	發音	中文
1	חום	חום	chom	發燒
2	אדום	אדום	a-dom	紅色
3	יום	יום	yom	日、天（時間）
4	היום	היום	ha-yom	今天

猶太文化

《塔木德》「תלמוד」（tal-mud）

　　《塔木德》「תלמוד」（tal-mud）是猶太人的聖典，字面意思是教導或學習，成書於公元前 2 世紀至公元 5 世紀間，記錄了猶太教的律法、條例和傳統口傳教導，著重在生活層面，是猶太智慧的泉源之一，與猶太人的處世指南。

說說看

יום טוב.

yom tov
日安。

יום שלישי
星期二

MP3-**037**

印刷體

手寫體

字母名稱：נון (nun)　　發音：n

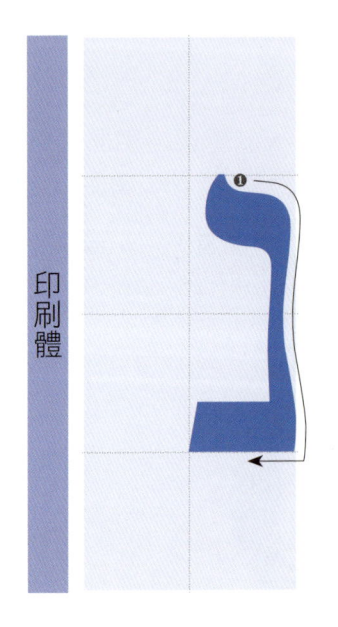

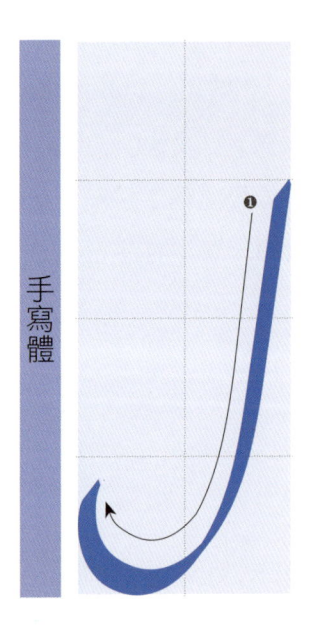

重點

- 發音：「נ」（nun）的發音為英語的「n」，類似注音的「ㄋ」，但是發音收尾則接近注音的「ㄣ」。
- 寫法：「נ」只占方格的右半邊，也是窄型字，由左上起筆，畫方格子，卻沒有封口。手寫體「ﬠ」由右邊第 2 格一筆往左撇，停筆在左邊的第 4 格。
- 字尾形：「נ」也有字尾形，將在下一字母段落中說明。

92

字源

「נ」源自於「魚」，古代象形文字象徵意義為「活動」、「生命」。

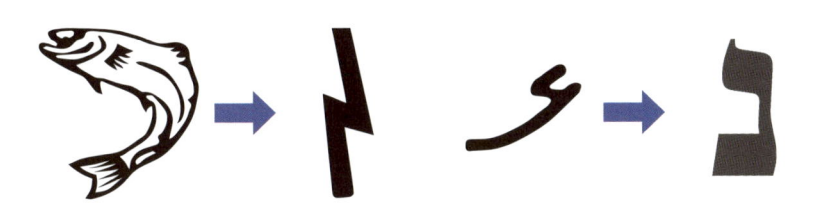

寫寫看

יום שלישי
星期二

נ / / 有什麼？

	印刷體	手寫體	發音	中文
1	ענה	ӑנה	a-na	回答
2	נכון	נכון	na-chon	正確、真的
3	שנה	שנe	sha-na	年
4	נח	נח	nach	休息

猶太文化

猶太新年

猶太新年「ראש השנה」（rosh ha-sha-na），字面拆開為「ראש」（rosh）（頭）+「ה」（ha）（定冠詞）+「שנה」（sha-na）（年），字面意義就是「年頭」即「一年之首」，在聖經中稱為吹角節「יום תרועה」（yom te-ru-a）。

猶太新年在猶太曆的第 7 個月初一，約在西曆的 9 月或 10 月；猶太傳統認為神就是在這天創造天地。「שנה טובה」（sha-na to-va）是猶太新年時說的祝福話，有點像恭賀新禧。有猶太教宗教信仰的猶太人通常會在會堂禱告、吹號角。猶太人過年會吃蘋果沾蜂蜜，象徵新的一年是甜蜜的一年。

說說看

שנה טובה.

sha-na to-va
新年快樂。

יום שלישי
星期二

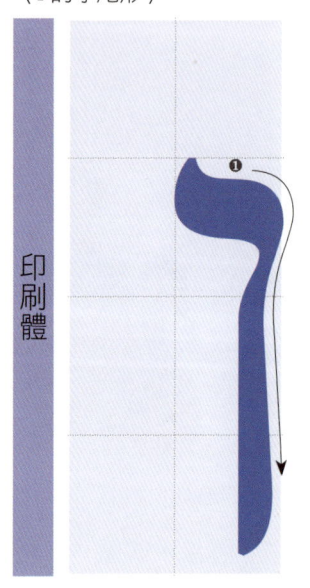

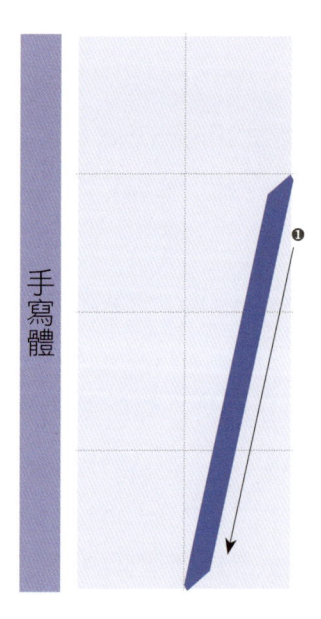

MP3-**039**

（ן 的字尾形）

印刷體

手寫體

字母名稱：נון סופית (nun sofit)　　發音：n

重點

- 發音：「ן」發音為 n，接近注音的「ㄣ」。
- 寫法：本字母用到 8 格右方下 3 格，都為窄形字。印刷體「ן」在右邊第 2 格先寫一橫後，再往下拉長，為一筆。手寫體則為稍向左往下撇之一豎，請勿和占 2 格的「∕」（vav）與占 1 格的「ˊ」（yod）混淆。

字源

「ן」是「נ」的字尾形,所以古代象形文字的字源相同。

「נ」源自於「魚」,古代象形文字象徵意義為「活動」、「生命」。

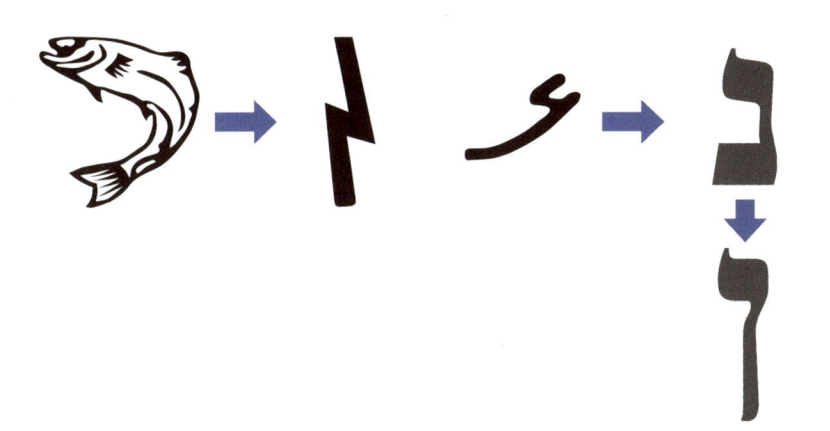

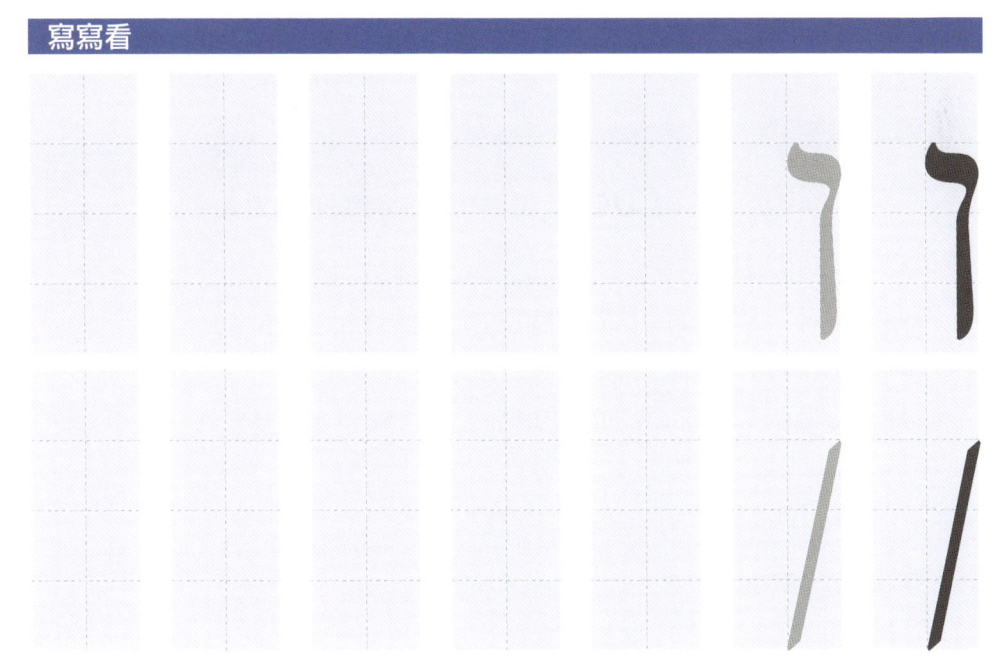

寫寫看

יום שלישי 星期二

有什麼？

印刷體	手寫體	發音	中文
1	שן	שן	shen	牙齒（單數）
2	יין	יין	yain	葡萄酒
3	קטן	קטן	ka-tan	小的
4	אבן	אבן	e-ven	石頭

MP3-040

猶太文化

説名道姓

　　猶太人的姓有時候是用「oo 的兒子」來表示，例如前以色列總理大衛‧本古里昂（דוד בן-גוריון），照字面直譯就是「古里昂的兒子大衛」。還有前文所提，推動希伯來語口語化的本雅胡達（בן-יהודה），就是雅胡達的兒子。

　　猶太人取名字之偏好仍然是取在聖經出現的名字，2024 年最受歡迎的新生女寶寶的名字為「אביגיל」（A-bi-ga-yil，亞比該是以色列王大衛的妻子，意思是父親的喜悦或是神的喜悦），男寶寶冠軍名則是「יוסף」（yo-sef，約瑟是以色列人在埃及做宰相的先祖，字義是增加）。

説説看

בן כמה אתה?
ben ka-ma a-ta
你幾歲（對男性）？

יום שלישי 星期二
MP3-041

第三天複習

我們今天又學習了 4 個字母，其中有 3 個字母有字尾形，再一次回顧，提升記憶。

印刷體	כ	ך（字尾形）	ל	מ	ם（字尾形）	נ	ן（字尾形）
手寫體	⊃	ʔ	ʃ	N	ᴅ	⌡	｜
字母名稱	kaf	kaf sofit	lamed	mem	mem sofit	nun	nun sofit
發音	k / ch	ch	l	m	m	n	n
注音	ㄎ/ㄏ	ㄏ	ㄌ	ㄇ	ㄇ	ㄋ	ㄋ

100

自我測驗

1. 配配看：把相同字母的印刷體與手寫體配成一對吧！

   ל   כ   ך   ם   מ   נ   ן
   •   •   •   •   •   •   •

   •   •   •   •   •   •   •

2. 寫寫看：請聽音檔寫下字母。MP3-**042**

              手寫體   印刷體

   (1) _____   _____

   (2) _____   _____

   (3) _____   _____

   (4) _____   _____

   (5) _____   _____

3. 念念看：MP3-**043**

   (1) בן 兒子

   (2) לב 心

   (3) מה 如何

4. 連連看：

   (1) לחיים •   • (a) 國王

   (2) כלב •   • (b) 狗

   (3) מלך •   • (c) 乾杯

יום שלישי 星期二

יום רביעי
星期三

今天我們要學「ס」（samech）、「ע」（ayin）、「פ」（pey）、「צ」（tzadi）等 4 個字母，其中「פ」（pey）和「צ」（tzadi）2 個字母有字尾形「ף」（pey sofit）和「ץ」（tzadi sofit）。今天我們就將學完所有的字尾形囉！

יום רביעי
星期三

MP3-**044**

印刷體　　　手寫體

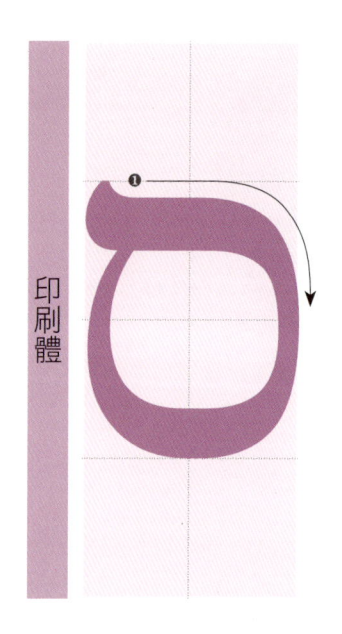

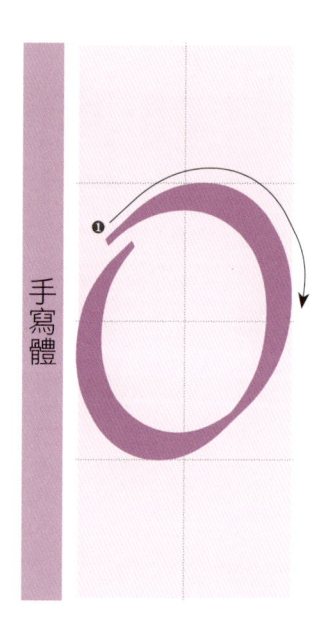

字母名稱：סמך **(samech)**　　發音：**s**

重點

- 發音：「ס」發音為英語的「s」，類似於注音符號的「ㄙ」。
- 寫法：本字母運用 8 格的中間 4 格，為方形的字。印刷體「ס」的寫法為從左上畫圈，一筆成形。有些電腦字型會看來像一格倒三角形。手寫體「O」的寫法為從左上畫圈，一筆成形。

字源

「ס」源自於「支撐」，古代象形文字的象徵意義為「支持」、「慢慢轉」、「轉」。

寫寫看

יום רביעי
星期三

ס/ס 有什麼？

	印刷體	手寫體	發音	中文
1	סיר	סיר	sir	鍋子
2	סמל	סמל	se-mel	記號
3	סוס	סוס	sus	馬
4	פסח	פסח	pe-sach	逾越節

説説看

סליחה.

סליחה.

sli-cha
對不起。

猶太文化

逾越節「פסח」（pe-sach）

逾越節是所有猶太節日中最重要的，為紀念上帝救出在埃及當奴隸的猶太人。

因當時法老不願讓猶太人離開埃及，所以上帝連降十災，直到法老願意讓猶太人出埃及為止。第十災是殺所有埃及人與牲畜的第一胎，神透過摩西向猶太人指示，只要在門楣塗上羊羔血，滅命天使就會「越過」，而不殺猶太人的長子或牲畜。因此這個節日叫做逾越節，該夜是尼散月 14 日，是宗教曆（聖曆）的正月初一，通常在西曆 3 月或 4 月。逾越節的由來拍過很多電影，如《出埃及》、《埃及王子》等。

逾越節很多習俗和春節類似，共 8 天。過逾越節前要「除酵」，家家戶戶要徹底大掃除，清除有酵物品，也就是食物方面不可以有麵包、啤酒等發酵物品。

在逾越節前夕有家宴「סדר」（se-der），家宴除了過節的大魚大肉外，一定要有無酵餅「מצה」（ma-tza）和銀盤盛以下食物：一條燒過的腿骨，象徵逾越節的羊羔；烤熟的雞蛋，象徵猶太人的生命（生生不息或越煮越硬；也有人說是紀念被毀的聖殿）；苦菜，象徵在埃及為奴時的痛苦；一種由蘋果、果乾、肉桂等製成的醬料，象徵為奴時造磚的砂漿；芹菜或其他綠色植物，象徵春天。

家宴程序以宣讀一本小冊子哈加達「הגדה」（ha-ga-da）來進行，哈加達有如劇本，要照唸照著行，其中有唱有說有動作。

יום רביעי
星期三

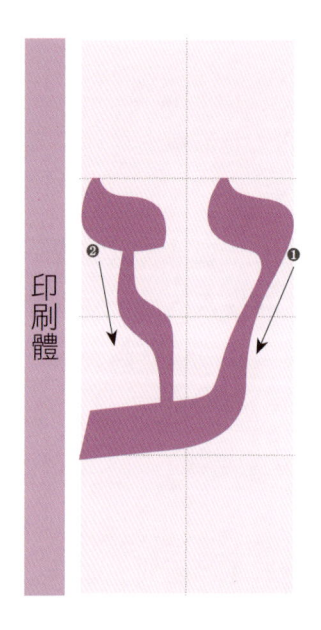

MP3-**046**

印刷體

手寫體

字母名稱：עין (ayin)

發音：不發音配合當成母音發「a」、「e」、「i」、「o」、「u」。

重點

- 發音：「ע」如果沒有發「a」、「e」、「i」、「o」、「u」母音，就不發音，但拼字時還是會寫出來。
- 寫法：印刷體「ע」運用 8 格的中間 4 格，為方形的字，第一筆由右上往左下橫拉，再寫第二筆，別和英語的 Y（y）混淆。印刷體「ס」，由右上依逆時鐘的方向畫圈。

字源

「ע」源自於「眼睛」，古代象形文字的象徵意義為「看」、「知道」、「經歷」。

寫寫看

יום רביעי
星期三

ע / ס 有什麼？

	印刷體	手寫體	發音	中文
1	ענן	ענן	a-nan	雲
2	עין	עין	a-yin	眼睛
3	ערבה	ערבה	a-ra-va	草原
4	עולם	עולם	o-lam	世界

> 猶太文化

大衛之星

　　以色列國旗上的藍星星，稱為大衛之星（「מגן דוד」（ma-gen da-vid）原文意思為大衛之盾）。大衛是以色列第二位國王，他攻下耶路撒冷並立都於此。最早的大衛之星出現在義大利南部的猶太墓碑，可能源於 3 世紀左右，猶太文字對大衛之星最早的紀錄則是在 12 世紀中。大衛之星的意義因各猶太社團不同而解釋隨之不同，但在二次大戰德國納粹時期，人們以戴著以兩個黃色三角形所組成的大衛之星來辨識猶太人，大衛之星因而成為代表猶太的主要符號之一。

יום רביעי
星期三

> 說說看

מה השעה?

ma ha-sha-a
現在幾點？

111

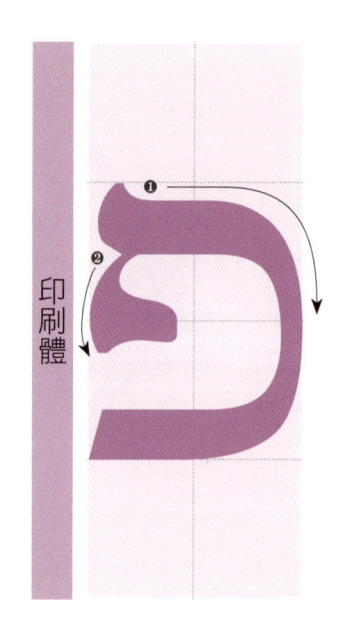

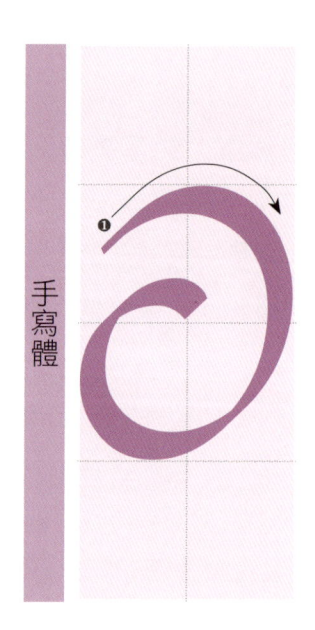

יום רביעי
星期三
MP3-048

印刷體

手寫體

字母名稱：פא (pey)　　發音：p / f

重點

- 發音：「פ」的發音為英語的「p」或「f」，類似注音符號的「ㄆ」或「ㄈ」。本字原來是兩個字：發英語「p」的「פ」（裡面有一個小點）和發「f」的「פ」，因為現代希伯來語省略了字裡面的點，所以兩個字變成了同一個字，發兩種音「p」或「f」。

- 寫法：本字母運用 8 格的中間 4 格，為方形的字：「פ」字兩畫，第一畫由左上往右畫橫線，後往下寫直線，再往左拉橫線，很像寫沒有左豎的「口」；第二畫由起筆處寫一小鉤。手寫體「ɔ」，則由左上，由外向內畫圈，一氣呵成。

- 字尾形：「פ」有字尾形「ף」。

字源

「פ」源自於「嘴巴」，古代象形文字代表意義為「說」、「詞語」、「開」。

星期三

寫寫看

יום רביעי
星期三

פ/ף 有什麼？

	印刷體	手寫體	發音	中文
1	קפה	קפה	ka-fe	咖啡
2	פרפר	פרפר	par-par	蝴蝶
3	ספה	ספה	sa-pa	沙發
4	פחד	פחד	pa-chad	害怕

MP3-**049**

猶太文化

華蓋下的婚約

所謂的華蓋「חופה」（ho-pa）就是由 4 根木棍加 1 塊布組成的小棚子。猶太人的結婚儀式會在華蓋下舉行，一說是象徵上帝同在、天地為證、歡迎賓客；也有人說是象徵新人新家。文化，不同人總是有不同的解釋，沒有定論。

中世紀描畫猶太人生活的繪畫中，常見活動式華蓋，隨時遮蓋住前進中的新人。現今西牆廣場上的成年禮隊伍，也是在華蓋下行進。

說說看

איפה השירותים?

ei-fo ha-she-ru-tim
洗手間在哪裡？

יום רביעי 星期三

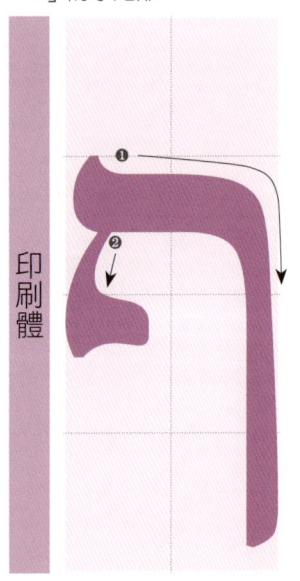

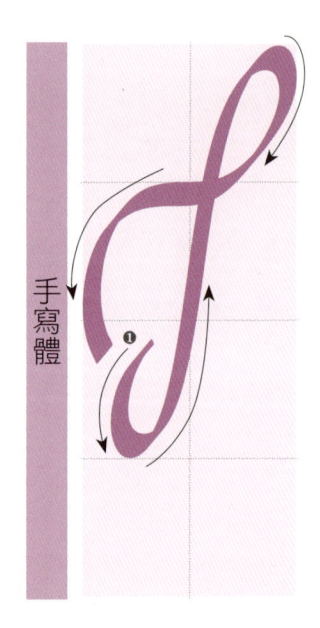

MP3-050

「פ」的字尾形

印刷體

手寫體

字母名稱：פא סופית (pey sofit)　　發音：p / f

重點

- 發音：「ף」是「פ」的字尾形，故發音相同。「ף」發英語的「p」或「f」，類似注音符號的「ㄆ」或「ㄈ」。但於字尾通常發「f」。

- 寫法：印刷體「ף」運用 8 格的下方 6 格，由兩筆畫構成，第一筆由左上往右畫橫線，後往下拉長直線。手寫體「𝓕」運用 8 格的上方 6 格，由左下起筆，往上拉順時鐘畫小圈後往左下走，收筆是朝下，勿與之後第 124 頁收尾朝上的「𝓕」（tzadi sofit）混淆！

116

字源

「ף」為「פ」的字尾形，所以古代象形文字的字源相同。

「פ」源自於「嘴巴」，古代象形文字代表意義為「說」、「詞語」、「開」。

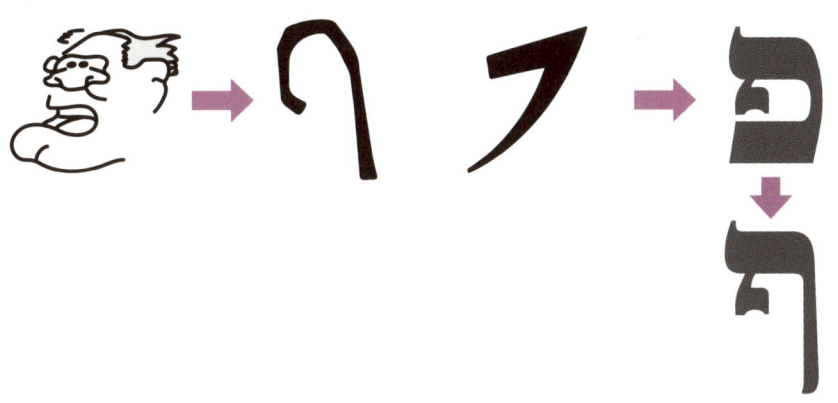

星期三

寫寫看

יום רביעי
星期三

פ / ף 有什麼？

	印刷體	手寫體	發音	中文
1	עודף		o-def	換（錢）
2	עוף		of	雞
3	כסף		ke-sef	錢
4	כף		kaf	湯匙

猶太文化

淚水與禱告築成的牆

西牆又名哭牆，位於耶路撒冷舊城中，希伯來語稱為「הכותל」（ha-ko-tel），是全球猶太人和基督徒最想去禱告的場所。但西牆並非聖殿的一部分，而是大希律王於西元前 1 世紀時擴建聖殿山的地基，羅馬人於西元 69 年摧毀第二聖殿時未毀壞的牆面。

在猶太人與基督徒心中，西牆是數千年以來是除了聖殿山以外，最靠近上帝的地方。西牆分男女兩邊禱告，男牆前常舉辦男子的成年禮儀式，女眷踏在椅子上隔牆觀禮，也蔚為奇景。西牆旁有西牆坑道，備有導遊行程，用模型說明聖殿山與西牆的建造結構，並可進入地底看到耶穌時代的聖殿鋪石路，很值得一遊。

說說看

אני עייף.

ani a-yef

我累了（男性）。

星期三
יום רביעי

MP3-**052**

印刷體　　手寫體

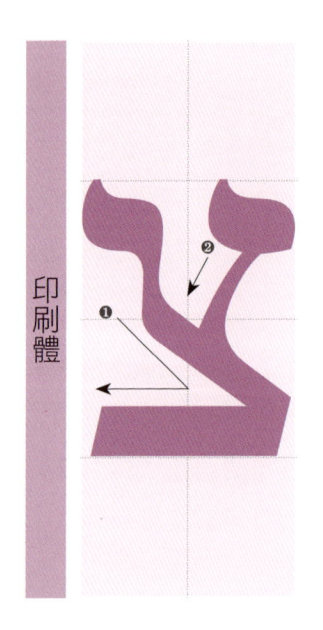

字母名稱：צדי **(tzadi)**　　發音：**tz**

重點

- 發音：「צ」的發音為英語的「tz」，類似注音符號的「ㄗ」。
- 寫法：印刷體「צ」運用 8 格的中間 4 格，是方形字，兩筆構成，第一筆由左上向右下畫斜線，後往左邊走，第二畫則由右上邊往左下，和第一筆交叉，不要和前面的「ע」（ayin）或英語的「Y」（y）混淆。手寫體「3」運用 8 格的上方 6 格，寫法類似阿拉伯數字的「3」。
- 字尾形：本字有字尾形「ץ」。

字源

「צ」源自於「魚鉤」，古代象形文字象徵「捉住」、「慾望」、「需求」。

寫寫看

יום רביעי 星期三

ﭏ/3 有什麼？

	印刷體	手寫體	發音	中文
1	קצר	קצר	ka-tzar	短
2	צמא	צמא	tza-me	口渴
3	מצית	מצית	ma-tzit	打火機
4	בצל	בצל	ba-tzal	洋蔥

猶太文化

神的環繞

　　禱告巾「טלית」（ta-lit）是由一塊白底的布所構成，兩端有線條與繸子，在禱告時披戴。此習慣源自於《聖經》《民數記》第 15 章，提醒以色列人記得遵行耶和華一切的命令。過去只有男性配戴，但現今改革派主張女性也可配戴。

　　禱告巾材質為棉、麻或絲質的布，4 個角上有編結和纏繞繸子，其數目和結法都有詳細規定，披戴禱告巾即象徵被神所環繞。據新約聖經記載，有生病的婦女摸了耶穌衣服上的繸子後便痊癒，有人推論耶穌當時披戴的正是禱告巾。

說說看

בהצלחה.

be-hatz-la-cha
祝好運。

יום רביעי
星期三

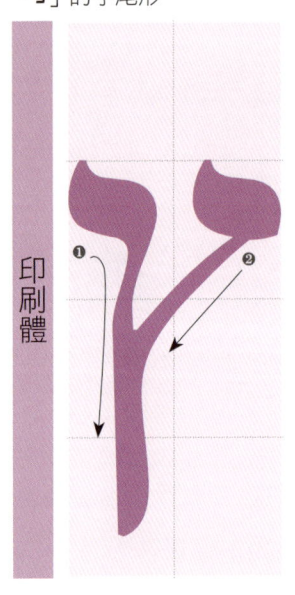

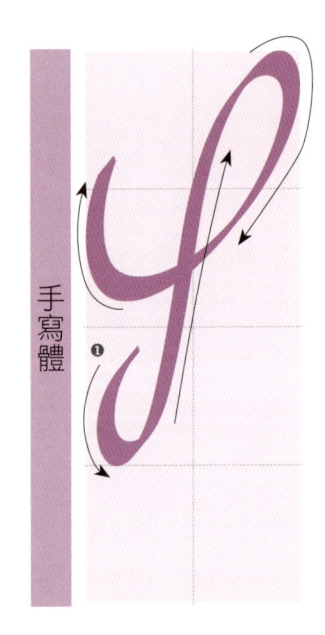

MP3-**054**

「צ」的字尾形

印刷體

手寫體

字母名稱：צדי סופית (tzadi sofit)　　發音：tz

重點

- 發音：「ץ」為「צ」的字尾形，故發音同「צ」為英語的「tz」，類似注音符號的「ㄗ」。

- 寫法：印刷體「ץ」運用 8 格的下方 6 格，為兩筆畫，第一筆由左上向下畫長直線，第二畫則由右上邊往左下，和第一筆交叉。手寫體「ץ」運用 8 格的上方 6 格，寫法則由左下起筆，往上拉順時鐘畫小圈後往左下走，收筆是朝上，類似「ף」（pey sofit）但是收尾往上翹。

字源

「ץ」為「צ」的字尾形，所以古代象形文字的字源相同。

「צ」源自於「魚鉤」，古代象形文字象徵「捉住」、「慾望」、「需求」。

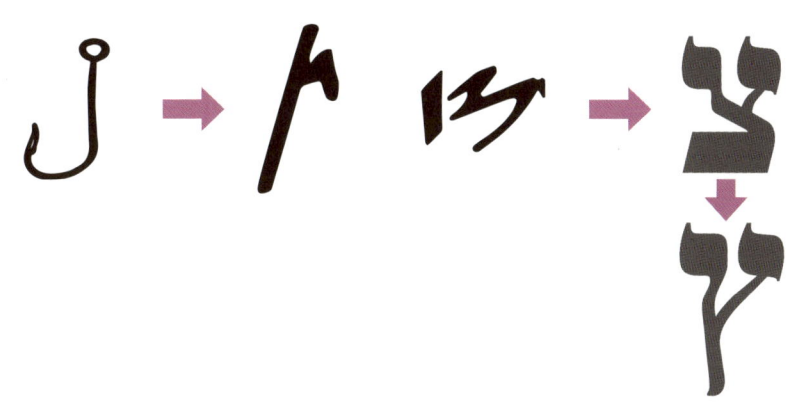

寫寫看

יום רביעי
星期三

ארץ 有什麼？

	印刷體	手寫體	發音	中文
1	רץ	*(手寫體)*	ratz	跑
2	עץ	*(手寫體)*	etz	樹
3	קפץ	*(手寫體)*	ka-fatz	跳
4	ארץ	*(手寫體)*	e-retz	土地

猶太文化

羊角「שופר」（sho-far）

　　羊角「שופר」（sho-far）的用途多樣，聖經中記載以吹羊角來聚集猶太人，或是在戰爭時用角聲長短來指揮軍隊前進或退後，以及用於宗教儀式等。猶太人所用的羊角有長有短，來自不同種類的羊。愛護動物者不要緊張，大部分的羊角取自於羊換季時的「蛻角」，也就是羊蛻下、不用的角，羊們還好好活著呢！

說說看

למה אתה בארץ?

la-ma a-ta ba-a-retz
你為何在以色列？（對男性）

למה את בארץ?

la-ma at ba-a-retz
妳為何在以色列？（對女性）

星期三 יום רביעי

MP3-056

第四天複習

今天學到了 4 個新字母，其中 2 個字母有字尾形，再一次回顧，提升記憶。

印刷體	ס	ע	פ	ף（字尾形）	צ	ץ（字尾形）
手寫體	ο	ʊ	౨	ſ	3	ʕ
字母名稱	samech	ayin	pey	pey sofit	tzadi	tzadi sofit
發音	s	不發音	p 或 f		tz	
注音	ㄙ	不發音	ㄆ 或 ㄈ		ㄗ	

好消息，所有有字尾形的 5 個字母我們都學到了，為大家歸納整理如下：

字母名稱		כף（kaf）	מם（mem）	נון（nun）	פא（pey）	צדי（tzadi）
一般	印刷體	כ	מ	נ	פ	צ
	手寫體	ɔ	א	ﬞ	ʂ	3
字尾形	印刷體	ך	ם	ן	ף	ץ
	手寫體	ʔ	ϱ		ſ	ʕ

自我測驗

1. 配配看：把相同字母的印刷體與手寫體配成一對吧！

    פ   ע   ץ   ף   ס   צ
    •   •   •   •   •   •

    •   •   •   •   •   •
    3   young   young   ס   ○   ∂

2. 寫寫看：請聽音檔寫下字母。 MP3-057

    　　　　　手寫體　　　　　　　　　印刷體

    (1) _____   _____
    (2) _____   _____
    (3) _____   _____
    (4) _____   _____

3. 念念看： MP3-058

    (1) סליחה　對不起
    (2) כסף　錢
    (3) צמא　口渴

4. 連連看：

    (1) סוס •　　　　　• (a) 眼睛
    (2) עין •　　　　　• (b) 雞
    (3) עוף •　　　　　• (c) 馬

יום חמישי
星期四

今天進入第 5 天的課程了，
我們要學現代希伯來語最後的 4 個字母，
分別是「ק」（kuf）、「ר」（resh）、「ש」（shin）、「ת」（tav），
學習完後你就完成字母之旅了！

星期四 יום חמישי

MP3-059

印刷體　　　手寫體

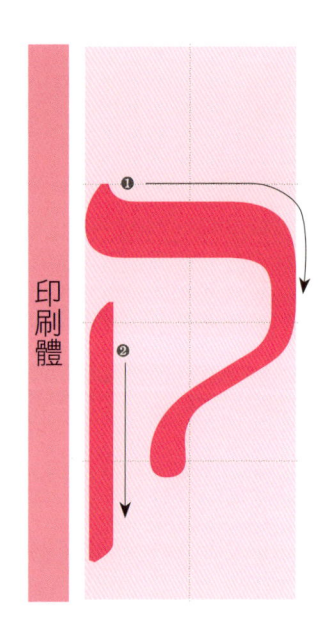

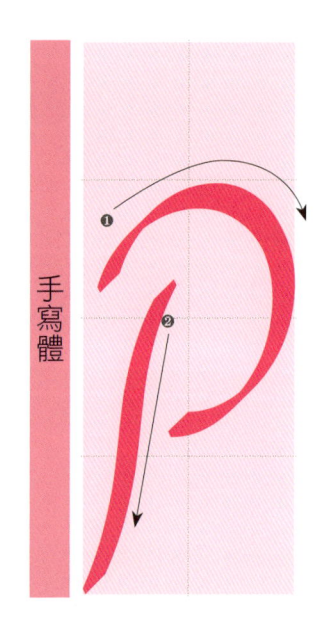

字母名稱：קוף (kuf)　　發音：k

重點

- 發音：「ק」發音為英語的「k」，或是注音符號的「ㄎ」，和כ（kaf）發音相同。
- 寫法：本字母運用 8 格中的下方 6 格，印刷體「ק」與手寫體「ק」的寫法都是第一筆先寫得像在畫圓，第二筆往下拉直線，注意兩者直線與半圓曲線的不同。

字源

「ק」源自於「後腦杓」，古代象形文字意義象徵為「後面」、「上一個」、「最後一個」。

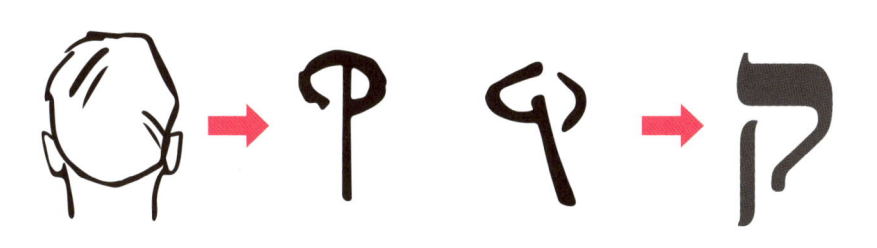

星期四

寫寫看

יום חמישי
星期四

ק/ק 有什麼？

	印刷體	手寫體	發音	中文
1	ירק	ירק	ye-rek	蔬菜
2	קום	קום	kum	起來 / 起床
3	מתוק	מתוק	ma-tok	甜的
4	קוף	קוף	kof	猴子

猶太文化

金燈台「מנורה」（me-no-ra）

　　以色列的國徽中間圖示為金燈台「מנורה」（me-no-ra），有 7 盞燈座，和光明節 9 盞的燈台不同，請勿混淆。金燈台是聖殿中的聖物，由純金打造，是聖殿中的光源，以橄欖油為燃料。以色列國會前廣場立有一座鑄鐵的金燈台，供遊客觀賞。此外，致力於重建第三聖殿的聖殿機構也依考古資料用純金打造一座金燈台，價值數百萬美金，目前置放於耶路撒冷舊城猶太區廣場中。

說說看

בוקר טוב.

bo-ker tov
早安。

יום חמישי
星期四

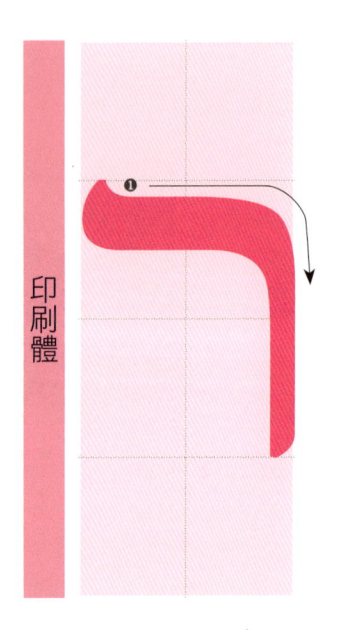

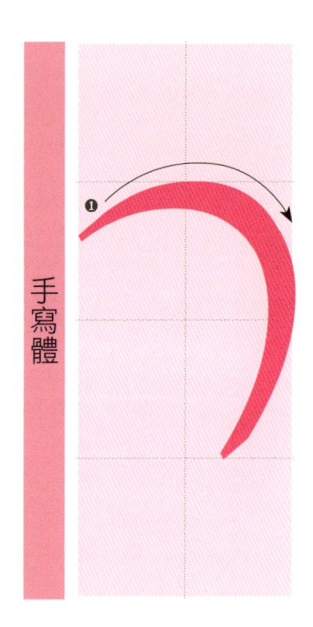

MP3-**061**

印刷體

手寫體

字母名稱：ריש **(resh)** 　發音：**r**

重點

- 發音：發音為英語的「r」，如果在字首發音則類似注音符號的「ㄖ」，在字尾則像是「儿」。
- 寫法：本字母運用 8 格中的中間 4 格，為方形字。印刷體「ר」是一劃成形，從左上畫橫，然後再往下拉，和兩筆畫的「ד」（dalet）很像，不要混淆了！手寫體「ɔ」寫法類似印刷體，但是較圓滑。

字源

「ר」源自「頭」，古代象形文字象徵意義為「人」、「頭」、「最高」。

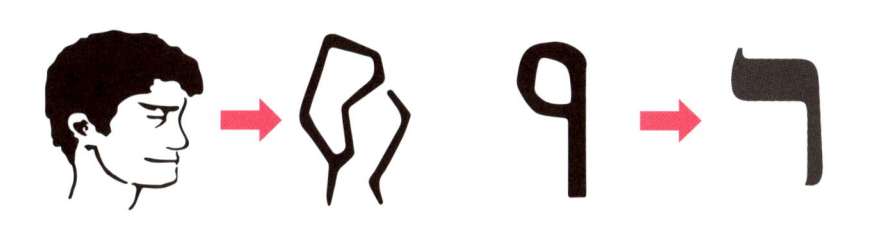

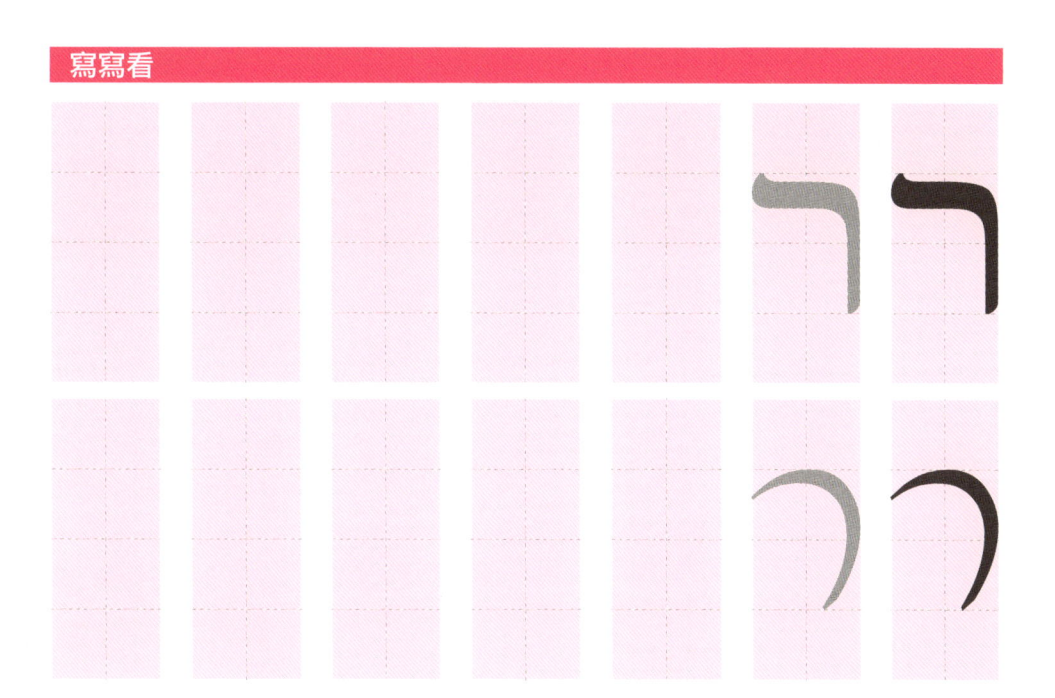

寫寫看

יום חמישי
星期四

ר/ר 有什麼？

	印刷體	手寫體	發音	中文
1	הר	הר	har	山
2	ראש	ראש	rosh	頭
3	רגל	רגל	re-gel	腿
4	רופא	רופא	ro-fe	醫生

猶太文化

贖罪日「יום כיפור」（yom ki-pur）

　　猶太新年後第 10 天是贖罪日「יום כיפור」（yom ki-pur），是整年最神聖的一天。過去這天是向上帝獻羊贖罪的日子，現代有宗教信仰的猶太人會禁食並在猶太會堂讀經禱告。

　　一般猶太文化認為，上帝會在這天決定是否要將你的名字寫在生命冊中，如果你在這天行善就可以被記錄在生命冊中，所以現代人在吹角節之後至贖罪日間，如果人際關係有糾紛會道歉和解。故整個過年的氣氛並沒有像我們的春節般熱鬧，因為這 10 日要自省吾身，準備過贖罪日。

　　贖罪日當天，全國海陸空交通禁止通行，連電視和收音機都沒有訊號，全國停止所有活動，包含軍事行動。所以在 1973 年 10 月贖罪日戰爭時，以色列軍隊沒有立即反擊是因為在贖罪日無法有任何動作，但過了贖罪日後，以色列軍隊便奇蹟般贏得勝利，有如神助。

說說看

ראש השנה

rosh ha-sha-na
猶太新年

星期四 יום חמישי

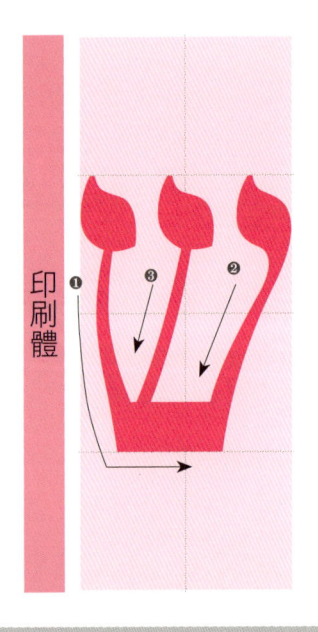

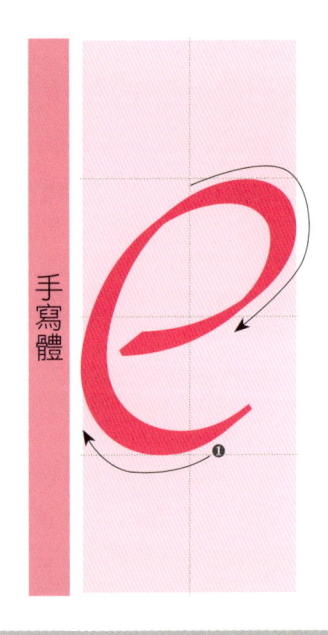

MP3-**063**

印刷體　　　手寫體

字母名稱：שׁין **(shin)**　　發音：**sh / s**

重點

- 發音：「*w*」發音為英語的「sh」或「s」，發「s」音時，發音類似為注音符號的「ㄙ」。

- 寫法：本字母運用 8 格中的中間 4 格，為方形字。印刷體「*w*」寫法，共三畫，第一畫由左上起筆直寫到底又轉為橫線，第二畫由右上向下畫，與第一畫連接封口。第三畫在中間，停筆在第一畫轉彎處，「*w*」長得像英語的「w」，但不要混淆了！手寫體「*e*」和英語小寫「e」類似，但是是由外逆時鐘方向往內旋。

- 事實上，「*w*」是由兩個字變來的，分別是：右上邊有點的「*ẇ*」（shin），和左上邊有點的「*ẇ*」（sin），但因為現代希希伯來語把字母的點和線都省略了，所以沒有點的「*w*」，同時代表「*ẇ*」和「*ẇ*」，因此有「sh」和「s」兩個念法。

140

字源

「שׁ」源自「牙齒」，古代象形文字的象徵意義為「消費」、「摧毀」。

寫寫看

יום חמישי
星期四

ש/e 有什麼？

	印刷體	手寫體	發音	中文
1	אש	ek	esh	火
2	שמע	ƏNе	she-ma	聽
3	שנה	ﬡе	sha-na	年
4	שלום	ﬡlе	sha-lom	你好

説説看

ירושלים

ירושלים

ye-ru-sha-la-yim

耶路撒冷

猶太文化

以色列永恆的首都

耶路撒冷「ירושלים」（ye-ru-sha-la-yim）是以色列永恆的首都，也是所有猶太人永恆的故鄉。詩人同時也是國王的大衛說：「耶路撒冷啊！耶路撒冷！若我忘記妳，寧願我的右手忘記技巧。」

耶路撒冷一名來源眾說紛紜，最被人接受的來源是耶路撒冷原意為「和平之城」。自從西元前1000多年，以色列第二個國王大衛建都於耶路撒冷後，面積僅為126平方公里、比士林區加北投區大一點的耶路撒冷3000多年來一直是兵家必爭之地，歷經亞述、巴比倫、羅馬帝國的侵襲，好像一個命運坎坷的風華美女。以色列1948年建國後，又多花了約20年，耶路撒冷才重回以色列的懷抱。

鄂圖曼帝國統治耶路撒冷時命令，耶路撒冷所有的建築物僅能使用耶路撒冷石作建材，該規定沿用至今日，耶路撒冷石特殊的結晶在夕陽照射之下，會反射出金黃色光，遂有人稱該城為金色耶路撒冷。

耶路撒冷是猶太教、基督教與回教三教的聖地，除了宗教景點與古蹟外，也有當地人生活的商區，歷史與現代生活混搭。當銀色的輕軌電車奔馳在鋪石街道、城牆之外時，在金銀輝映下，時間持續堆積耶路撒冷的永恆傳說。

星期四 יום חמישי

MP3-065

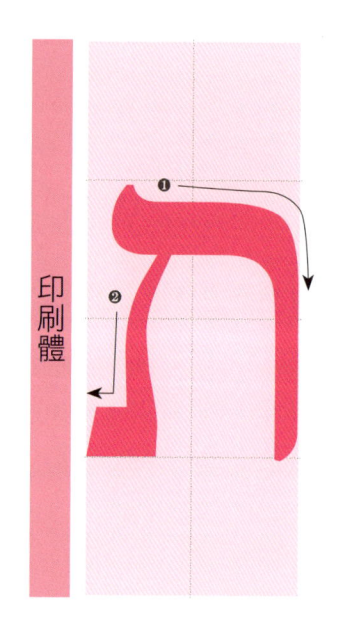

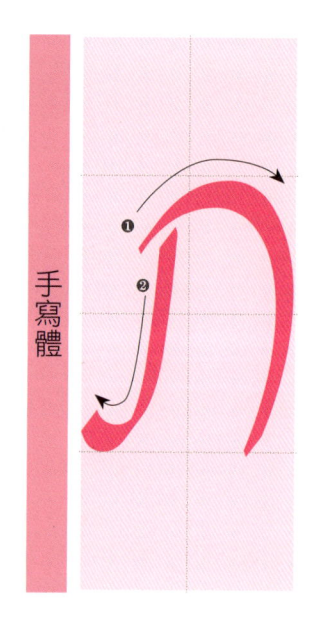

印刷體

手寫體

字母名稱：תו (tav)　　發音：t

重點

- 發音：發音為英語的「t」，類似注音符號的「ㄊ」。
- 寫法：本字運用 8 格中的中間 4 格，為方形字。印刷體「ת」為兩筆畫，左起像寫「口」的第一畫，之後在第一筆內縮一點處寫豎筆。「ת」形狀和「ח」（chet）很像，只是有翹前腳；發音則和「ט」（tet）相同，都發「t」（ㄊ）。手寫體「ת」和印刷體「ת」筆畫與筆順相同，但是圓潤了些！

字源

「ת」源自「記號」,古代象形文字象徵意義為「彌封」、「立約」。

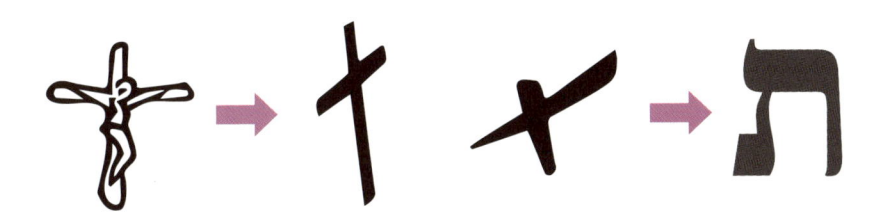

寫寫看

יום חמישי 星期四

ת/ת 有什麼？

	印刷體	手寫體	發音	中文
1	תה	תה	te	茶
2	בת	בת	bat	女兒
3	תות	תות	tut	草莓
4	מטוס	מטוס	ma-tos	飛機

＊希伯來語中也有「外來語」，我們學到的「תה」（te）即是外來語。希伯來語本身雖是一個古老語言，但現代希伯來語也像日語一樣，用外來語的方式吸收新思想與其新概念衍生的字彙。

猶太文化

上帝祝福的安息日

安息日「שבת」（sha-bat）是猶太人生活中心。上帝用了 6 天創造天地，第 7 天上帝休息了，並祝福第 7 天，命令人類也要休息。安息日從第 6 天（週五）晚上開始，各地猶太人在日落前點燭歡迎安息日到來，日落後就不能再有任何創造性活動。家庭裡由母親點亮兩根蠟燭，祝福禱告，接下來的安息日晚餐時，父親則以《箴言》31 篇，祝福稱讚自己的妻子是有才德的婦人，家人同享安息日晚餐。

安息日望文生義即是要安息，不能做任何工作。那工作的定義為何呢？這也是諸說紛紜，主要是不能創造一個新東西，如煮飯、燒水、寫字、挖洞、拍照、打電話等等都是不行的；猶太人的冰箱、熱水壺、電梯也都有「安息日專用模式」。

如果從可行不可行的角度來看安息日，很難覺得守安息日是祝福，但在安息日與家人朋友在家裡或會堂共度，不被世界的聲音淹沒，專注在神與人、人與人的關係中，每週為生命重新蓄滿能量，才能獲得安息日的祝福。猶太人有俗諺說：不是猶太人守了安息日，而是安息日守了猶太人。

說說看

אל תדאג.

al ti-dag
別擔心。

יום חמישי
星期四

MP3-**067**

第五天複習

今天學了希伯來語最後的 4 個字母，也就是說，到今天為止，我們已經學會了所有現代希伯來語字母了！讓我們再一次回顧今天學的 4 個字母，提升記憶。

印刷體	ק	ר	שׁ	ת
手寫體	₽	つ	e	ת
字母名稱	kuf	resh	shin	tav
發音	k	r	sh 或 s	t
注音	ㄎ	字首ㄖ 字尾ㄦ	sh 或 ㄙ	ㄊ

自我測驗

1. 配配看：把相同字母的印刷體與手寫體配成一對吧！

   ת ש ק ר

   • • • •

   • • • •

   ק ר ת ש

2. 寫寫看：請聽音檔寫下字母。MP3-068

       手寫體   印刷體

   (1) _____ _____

   (2) _____ _____

   (3) _____ _____

   (4) _____ _____

3. 念念看：MP3-069

   (1) אש　火

   (2) רופא　醫生

   (3) שלום　你好

4. 連連看：

   (1) הר •   • (a) 茶

   (2) תות •   • (b) 山

   (3) תה •   • (c) 草莓

星期四

יום חמישי

字母綜合比較與複習

恭喜大家已經學完了 22 個現代希伯來字母，外加 5 個字尾形了。

讓我們復習一下，字形與發音容易混淆的字母，以及 5 個字尾形。

首先是字形容易混淆，看起來很像的字母，整理如下：

צ	א	ד	ר	ד	ך	ן
(tzadi)	(alef)	(dalet)	(resh)	(dalet)	(kaf sofit)	(nun sofit)
כ	ב	נ	ג	ו	ז	י
(kaf)	(bet)	(nun)	(gimel)	(vav)	(zayin)	(yod)
צ	ע	ם	ס	ה	ח	ת
(tzadi)	(ayin)	(mem sofit)	(samech)	(hey)	(chet)	(tav)
ט	מ	נ	כ			
(tet)	(mem)	(nun)	(kaf)			

如果覺得還是弄不清楚的話，可以回到前面，再次回想字母的筆畫，以及在每個字母在格子裡的比例，就不會弄混了喔！

接下來是發音容易混淆的字母，整理如下：

「שׁ」和「ס」發音為英語的「s」、注音符號的「ㄙ」	「ק」和「כ」發音為英語的「k」、注音符號的「ㄎ」
「ת」和「ט」發音為英語的「t」、注音符號的「ㄊ」	「ו」、「ב」發音為英語的「v」
「ך」、「כ」和「ח」發音為帶喉音的「ch」	

最後是 5 個字尾形，整理如下：

字母名稱		כף (kaf)	מם (mem)	נון (nun)	פא (pey)	צדי (tzadi)
一般	印刷體	כ	מ	נ	פ	צ
	手寫體	ɔ	א	ן	๐	3
字尾形	印刷體	ך	ם	ן	ף	ץ
	手寫體	ʔ	๏	ı	ɣ	ɣ

מזל טוב（ma-zal tov）！恭喜大家已經學完 22 個希伯來字母，接下來兩天我們要學常用單字和短句。

יום שישי
星期五

實用生活單字

- 人稱代名詞 כינויי גוף
- 家人稱謂 משפחה
- 服裝 בגדים
- 色彩 צבעים
- 動物 בעלי חיים
- 國家 מדינות
- 常用形容詞 שמות תואר
- 身體部位 איברי הגוף
- 場所 מקומות
- 日子 ימים
- 星期 ימי השבוע
- 月份 חודשי השנה
- 季節 עונות השנה
- 主要猶太假日 חגים
- 數字 מספרים
- 食物與飲料 אוכל ומשקאות
- 餐具 כלי שולחן

星期五 יום שישי

人稱代名詞 כינויי גוף

MP3-070

印刷體	手寫體	發音	中文
אני	אני	a-ni	我
אתה	אתה	a-ta	你
את	את	at	妳
הוא	הוא	hu	他
היא	היא	hi	她
אנחנו	אנחנו	a-nach-nu	我們
אתם	אתם	a-tem	你們
אתן	אתן	a-ten	妳們
הם	הם	hem	他們
הן	הן	hen	她們

家人稱謂 משפחה　　　　　　　　　　MP3-071

印刷體	手寫體	發音	中文
סבא	סבא	sa-ba	爺爺
סבתא	סבתא	sav-ta	奶奶
אבא	אבא	a-ba	爸爸
אמא	אמא	i-ma	媽媽
הורים	הורים	ho-rim	雙親
בן	בן	ben	兒子
בת	בת	bat	女兒
ילדים	ילדים	ye-la-dim	孩子（複數）
משפחה	משפחה	mish-pa-ha	家人
אח	אח	ach	兄弟
אחות	אחות	a-chot	姊妹
דוד	דוד	dod	叔伯
בעל	בעל	ba-al	丈夫
אישה	אישה	i-sha	妻子

יום שישי
星期五

155

星期五 יום שישי

服裝 בגדים　　　MP3-072

印刷體	手寫體	發音	中文
מגף	מגף	ma-gaf	靴子
מעיל	מעיל	me-il	外套
כובע	כובע	ko-va	帽子
חולצה	חולצה	hol-tza	T恤
נעל	נעל	na-al	鞋子
גרב	גרב	ge-rev	襪子
גופייה	גופייה	gu-fi-ya	內衣/背心
חזייה	חזייה	cha-zi-ya	胸罩
מכנסיים	מכנסיים	mich-na-sa-im	褲子

色彩 צבעים

MP3-073

印刷體	手寫體	發音	中文
שחור	שחור	sha-chor	黑色
כחול	כחול	ka-chol	藍色
חום	חום	chum	棕色
אפור	אפור	a-for	灰色
ירוק	ירוק	ya-rok	綠色
כתום	כתום	ka-tom	橘色
ורוד	ורוד	va-rod	粉紅色
אדום	אדום	a-dom	紅色
צהוב	צהוב	tza-hov	黃色
סגול	סגול	sa-gol	紫色
לבן	לבן	la-van	白色

יום שישי
星期五

動物 בעלי חיים

MP3-074

יום שישי
星期五

印刷體	手寫體	發音	中文
נמלה	נמלה	ne-ma-la	螞蟻
דוב	דוב	dov	熊
דבורה	דבורה	d-vo-ra	蜜蜂
ציפור	ציפור	tzi-por	鳥
חתול	חתול	cha-tol	貓
כלב	כלב	ke-lev	狗
פרה	פרה	pa-ra	牛
דג	דג	dag	魚
סוס	סוס	sus	馬
אריה	אריה	a-ri-e	獅子
קוף	קוף	kof	猴子
חזיר	חזיר	ha-zir	豬
כבשה	כבשה	kiv-sa	羊
נחש	נחש	na-hash	蛇

國家 מדינות

MP3-075

印刷體	手寫體	發音	中文
ישראל		is-ra-el	以色列
טייוואן		tai-wan	台灣
יפן		ya-pan	日本
סין		sin	中國
ארצות הברית		ar-tzot hab-rit	美國
צרפת		tzar-fat	法國
קנדה		ka-na-da	加拿大
ירדן		yar-den	約旦
מצרים		mitz-raim	埃及

* 希伯來語原來沒有 /w/ 的發音，外來語中的 /w/ 用「ו」來表示。

	印刷體	手寫體	發音	中文
男性用法	מאין אתה?		me-ain a-ta	你來自哪裡？
女性用法	מאין את?		me-ain at	妳來自哪裡？
回答	אני מטייוואן.		a-ni me-tai-wan	我來自台灣。

* 問某人來自哪裡，視對象為男性、女性，分別有兩種問法。
* 「מ」為介係詞，同英語的「from」（從）。表達來自哪個國家，只要在回答的句型底線內放入國家名即可。

星期五

159

常用形容詞 שמות תואר

MP3-076

印刷體	手寫體	發音	中文
קל	קל	kal	簡單的
קשה	קשה	ka-she	困難的
קשיח	קשיח	ka-shi-ach	硬的
רך	רך	rach	軟的
חלש	חלש	ha-lash	軟弱的
חזק	חזק	cha-zak	強壯的
חדש	חדש	cha-dash	新的
ישן	ישן	ya-shan	舊的
זול	זול	zol	便宜的
יקר	יקר	ya-kar	貴的
קר	קר	kar	冷的
חם	חם	cham	熱的

身體部位 איברי הגוף

MP3-**077**

印刷體	手寫體	發音	中文
מצח		me-tzach	額頭
מוח		mo-ach	腦
לב		lev	心
גוף		guf	身體
יד		yad	手
ידיים		ya-da-im	手（複數）
רגל		re-gel	腿
כף רגל		kaf re-gel	腳
גרון		ga-ron	喉嚨
עין		a-yin	眼睛
עיניים		ei-na-yim	眼睛（複數）
ראש		rosh	頭
גבה		ga-ba	眉毛
בטן		be-ten	胃
שיער		se-ar	頭髮
אצבע		etz-ba	手指
בוהן		bo-hen	大拇指

星期五

יום שישי 星期五

印刷體	手寫體	發音	中文
שן		shen	牙齒
שיניים		shi-na-im	牙齒（複數）
שפה		sa-fa	嘴唇
שפתיים		sfa-ta-im	嘴唇（複數）
כף יד		kaf yad	手掌
לשון		la-shon	舌頭
אף		af	鼻子
גב		gav	背
ירך		ya-rech	大腿
אוזן		o-zen	耳朵
אוזניים		oz-na-im	耳朵（複數）

場所 מקומות

MP3-078

印刷體	手寫體	發音	中文
מרכז קניות	מרכז קניות	mer-kaz ke-ne-yot	購物中心
בנק	בנק	bank	銀行
בית קפה	בית קפה	beit ca-fe	咖啡廳
מסעדה	מסעדה	mis-a-da	餐廳
מאפיה	מאפיה	ma-a-fi-ya	麵包店
מלון	מלון	ma-lon	飯店
אכסניה	אכסניה	ach-sa-nia	青年旅館
שירותים	שירותים	she-ru-tim	洗手間/廁所
רחוב	רחוב	re-chov	街
שוק	שוק	shuk	市場
מוזיאון	מוזיאון	mu-ze-on	博物館
בית כנסת	בית כנסת	beit ke-ne-set	會堂
קיבוץ	קיבוץ	ki-butz	吉布茲

　　吉布茲（קיבוץ）有人意譯為集體農場或者公社。「קיבוץ」的原意是聚集或集合，為錫安主義加上社會主義思想建立的烏托邦社區。吉布茲社區裡的人基本上財產共有（目前大部分改革後的吉布茲會發工資和所投資子公司的股票，部分財產私有），衣食住行教育醫療均免費。吉布茲對以色列的建國、軍事、社會與經濟均有極大貢獻，角色非常重要。

星期五 יום שישי

**יום שישי
星期五**

　　第一個吉布茲──德加尼亞（Degania Alef）成立於以色列建國前的 1909 年，由 12 位年輕人設立，資金來自全世界的猶太人捐助，位於以色列北方的加利利海。在以色列建國前，吉布茲是建國的火車頭，指導青年，吸收新移民，以及提供武裝部隊人才。目前以色列國防部中志願役多來自吉布茲。現在以色列境內有 273 個吉布茲，其中一半以上在以色列建國前設立，以色列建國運動中，吉布茲發揮了極大功用。

　　目前登記的吉布茲成員超過 10 萬 6 千人，其中 2 萬人為 18 歲以下者，成員雖有年齡老化的趨勢，但新移民多少可以彌補人力缺口。吉布茲過去主要從事農業生產，現在則從事工業和高科技產業，其工業生產總收入達 320 億色克勒（約 2720 億台幣），佔國民生產總值的 5.2%，達以色列工業生產的 9.2%，主要產品來自塑料和橡膠製品、食品工業、金屬和機械、電子和控制系統。吉布茲成員只佔總人口的 1.6%，卻能有 9.2% 的工業產值，可謂效率極高。

日子 ימים

MP3-079

印刷體	手寫體	發音	中文
שבוע	שבוע	sha-vu-a	一週
יום הולדת	יום הולדת	yom hu-le-det	生日
יום	יום	yom	日、天
היום	היום	ha-yom	今天
מחר	מחר	ma-char	明天
אתמול	אתמול	et-mol	昨天
חג	חג	chag	假日

יום שישי 星期五

יום שישי
星期五

星期 ימי השבוע

MP3-**080**

印刷體	手寫體	發音	中文
יום ראשון	יום ראשון	yom ris-hon	星期日
יום שני	יום שני	yom she-ni	星期一
יום שלישי	יום שלישי	yom shli-shi	星期二
יום רביעי	יום רביעי	yom re-vi-i	星期三
יום חמישי	יום חמישי	yom cha-mi-shi	星期四
יום שישי	יום שישי	yom shi-shi	星期五
יום שבת	יום שבת	yom sha-bat	星期六
שבוע	שבוע	sha-vu-a	一週

　　希伯來語的形容詞放在所修飾名詞的後面，例如星期日「יום ראשון」（yom ris-hon）（一週的第一天），希伯來語就等於「日（יום）＋第一（ראשון）」。

月份　חודשי השנה

MP3-081

A. 猶太曆　הלוח העברי

印刷體	手寫體	發音	中文
ניסן		ni-san	尼散月
אייר		i-yar	以珥月
סיון		si-van	西彎月
תמוז		ta-muz	搭模斯月
אב		av	埃波月
אלול		e-lul	以祿月
תשרי		tish-re	提斯利月
חשון		chesh-van	瑪西班月
כסלו		kis-lev	基斯流月
טבת		te-vet	提別月
שבט		shu-vat	細罷特月
אדר		a-dar	亞達月
אדר שני		a-dar she-ni	第二亞達月（閏亞達月）

星期五　יום שישי

　　以色列人與全球的猶太人計算假日都是利用猶太曆，不論是宗教文化相關或是國家相關的節日，例如以色列建國紀念日是在「以珥月」5日，用西曆換算會落在不同日子。

יום שישי 星期五

　　猶太曆的月份是開始在月朔（新月上升之時），一年通常有 12 個月，閏年則是加上第 2 個「亞達月」。正月由「尼散月」開始，但是年份的增加是在「提斯利月」初一，例如：5778 年「以祿月」過完，下個月即是 5779 年「提斯利月」。

　　由「尼散月」為正月的算法稱為聖曆（宗教曆），為紀念上帝的救贖；由「提斯利月」起算新的一年的算法稱為民曆（民事曆），為紀念上帝的創造。

B. 西曆　לוח השנה הלועזי

MP3-082

印刷體	手寫體	發音	中文
ינואר	ינואר	ya-nu-ar	1月
פברואר	פברואר	feb-ru-ar	2月
מרץ	מרץ	mer-tz	3月
אפריל	אפריל	ap-ril	4月
מאי	מאי	ma-i	5月
יוני	יוני	yu-ni	6月
יולי	יולי	yu-li	7月
אוגוסט	אוגוסט	o-gu-st	8月
ספטמבר	ספטמבר	sep-tem-ber	9月
אוקטובר	אוקטובר	oc-to-ber	10月
נובמבר	נובמבר	no-vem-ber	11月
דצמבר	דצמבר	deh-tzem-ber	12月

以色列人日常生活中使用西曆，西曆月份說法都是外來語，發音類似中世紀的歐洲語言，如德語。

C. 猶太曆與西曆對照

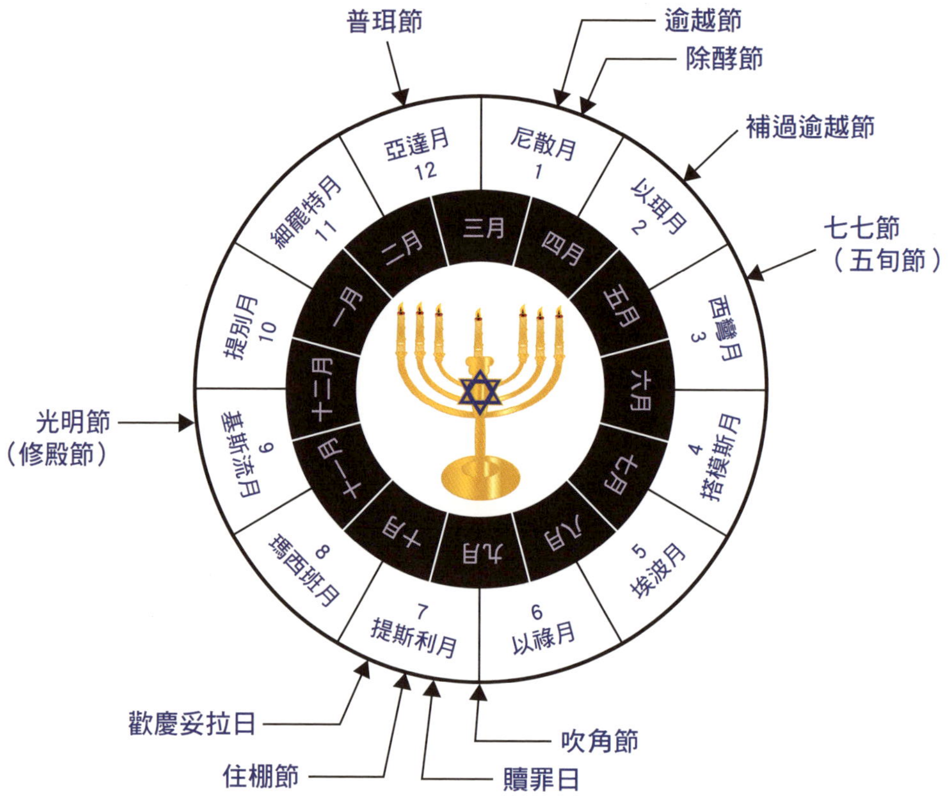
普珥節
逾越節
除酵節
補過逾越節
七七節
（五旬節）
光明節
（修殿節）
歡慶妥拉日
住棚節
吹角節
贖罪日
尼散月
1
以珥月
2
西彎月
3
搭模斯月
4
埃波月
5
以祿月
6
提斯利月
7
瑪西班月
8
基斯流月
9
提別月
10
細罷特月
11
亞達月
12
三月
四月
五月
六月
七月
八月
九月
十月
十一月
十二月
一月
二月

季節 עונות השנה

印刷體	手寫體	發音	中文
אביב	אביב	a-viv	春天
קיץ	קיץ	kaitz	夏天
סתיו	סתיו	stav	秋天
חורף	חורף	cho-ref	冬天

星期五 יום שישי

主要猶太假日 חגים　　　MP3-084

印刷體	手寫體	發音	中文
ראש השנה	ראש השנה	rosh ha-sha-na	猶太新年
יום תרועה	יום תרועה	yom te-ru-a	吹角節
יום כיפור	יום כיפור	yom ki-pur	贖罪日
סוכות	סוכות	su-kot	住棚節
שמחת תורה	שמחת תורה	sim-hat to-ra	歡慶妥拉日
חנוכה	חנוכה	cha-nu-ka	光明節（修殿節）
פורים	פורים	pu-rim	普珥節
פסח	פסח	pe-sach	逾越節
שבועות	שבועות	sha-vu-ot	五旬節（七七節）

數字 מספרים

MP3-085

印刷體	手寫體	發音	中文
אפס		e-fes	0
אחת		a-chat	1
שתיים		shta-yim	2
שלוש		sha-losh	3
ארבע		ar-ba	4
חמש		cha-mesh	5
שש		shesh	6
שבע		she-va	7
שמונה		shmo-ne	8
תשע		te-sha	9
עשר		e-ser	10
אחת עשרה		a-chat es-re	11
שתים עשרה		shtem es-re	12

星期五

　　希伯來語是非常有邏輯的語言，名詞有分單、複數與陰陽性。數字也有陰陽性，配合名詞的陰陽性使用、變化。由於一般數詞（物品、電話號碼、時間等）常用陰性，故僅列出陰性數字。

食物與飲料 אוכל ומשקאות

MP3-086

印刷體	手寫體	發音	中文
לחם	לחם	lech-hem	麵包
גבינה	גבינה	gvi-na	起司
פיתה	פיתה	pi-ta	口袋餅
פלאפל	פלאפל	fa-la-fel	法拉費（炸鷹嘴豆球）
חומוס	חומוס	hu-mus	鷹嘴豆泥
אורז	אורז	o-rez	米/飯
כריך	כריך	ka-rich	三明治
סלט	סלט	sa-lat	沙拉
מרק	מרק	ma-rak	湯
ביצה	ביצה	bei-tza	蛋
ירקות	ירקות	ye-ra-kot	蔬菜（複數）
פירות	פירות	pei-rot	水果（複數）
עוגה	עוגה	u-ga	蛋糕
גלידה	גלידה	gli-da	冰淇淋
מלח	מלח	me-lach	鹽
סוכר	סוכר	su-kar	糖

印刷體	手寫體	發音	中文
פלפל		pil-pel	胡椒
שוקו		sho-ko	巧克力牛奶
שוקולד		sho-ko-lad	巧克力糖
חלב		cha-lav	牛奶
תה		te	茶
מיץ תפוזים		mitz ta-pu-zim	柳橙汁
מיץ		mitz	果汁
מים		ma-yim	水
מים רותחים		ma-yim rot-chim	熱水
קפה		ka-fe	咖啡
בירה		bi-ra	啤酒
יין		yain	葡萄酒

יום שישי
星期五

星期五 יום שישי

餐具 כלי שולחן

MP3-087

印刷體	手寫體	發音	中文
צלחת	צלחת	tza-la-chat	盤子
ספל	ספל	se-fel	杯子（有把手）
כוס	כוס	kos	杯子（沒有把手）
כוס תה	כוס תה	kos te	茶杯
כוס יין	כוס יין	kos yain	葡萄酒杯
בקבוק	בקבוק	bak-buk	瓶子
סכין	סכין	sa-kin	刀子
מזלג	מזלג	maz-leg	叉子
כף	כף	kaf	湯匙

MEMO

יום שבת
星期六

實用會話短句

- 疑問詞 מילות חקירה
- 常用問候 ברכה
- 自我介紹 הצגה עצמית
- 購物 קניות
- 餐廳 מסעדה
- 日常表達 ביטוי

星期六 יום שבת

疑問詞 מילות חקירה

MP3-088

印刷體	手寫體	發音	中文
?למה	?למה	la-ma	為什麼？
?מי	?מי	mi	誰？
?איפה	?איפה	ei-fo	哪裡？
?מתי	?מתי	ma-tai	什麼時候？
?כמה	?כמה	ka-ma	多少錢？

常用問候 ברכה

MP3-089

印刷體	手寫體	發音	中文
שלום	שלום	sha-lom	嗨 / 哈囉 / 再見 （本字原意為「平安」，見面和分手時，要打招呼都可以使用）
להתראות	להתראות	le-hit-ra-ot	再見
בוקר טוב	בוקר טוב	bo-ker tov	早安
ערב טוב	ערב טוב	e-rev tov	午安
לילה טוב	לילה טוב	lai-la tov	晚安
שבת שלום	שבת שלום	sha-bat sha-lom	安息日好 （星期五晚上到星期六問候時使用）
תודה רבה	תודה רבה	to-da ra-ba	非常謝謝
על לא דבר	על לא דבר	al lo da-var	不客氣
כן	כן	ken	好、是
לא	לא	lo	不、不是

יום שבת
星期六

星期六 יום שבת

自我介紹 הצגה עצמית

MP3-090

印刷體	手寫體	發音	中文
מה שמך?	מה שמך?	ma shim-cha	你叫什麼名字？
מה שמך?	מה שמך?	ma shmech	妳叫什麼名字？
איך קוראים לך?	איך קוראים לך?	eich ko-rim le-cha	你叫什麼名字？
איך קוראים לך?	איך קוראים לך?	eich ko-rim lach	妳叫什麼名字？
שמי...	שמי...	shmi	我的名字是……
קוראים לי...	קוראים לי...	ko-rim li	我的名字是……
מאין אתה?	מאין אתה?	me-ain a-ta	你來自哪裡？
מאין את?	מאין את?	me-ain at	妳來自哪裡？
אני מטייוואן.	אני מטייוואן.	a-ni me-tai-van	我來自台灣。

182

購物 קניות

MP3-**091**

印刷體	手寫體	發音	中文
?כמה זה עולה	כמה זה עולה?	ka-ma ze o-le	這個多少錢？
.זה יקר מדי	זה יקר מדי.	ze ya-kar mi-dai	太貴了。
.תן לי הנחה	תן לי הנחה.	ten li ha-na-cha	（請）打折。
.אני רק מסתכל	אני רק מסתכל.	a-ni rak mis-ta-kel	我只是看看。（男性）
.אני רק מסתכלת	אני רק מסתכלת.	a-ni rak mis-ta-kel-et	我只是看看。（女性）
?אפשר לשלם בכרטיס אשראי	אפשר לשלם בכרטיס אשראי?	ef-shar le-sha-lem be-char-tis ash-rai	收信用卡嗎？
.מזומן בלבד	מזומן בלבד.	me-zu-man bil-vad.	只收現金。

יום שבת 星期六

星期六 יום שבת

餐廳 מסעדה　　　　　　　　　　MP3-092

印刷體	手寫體	發音	中文
זה כשר?	זה כשר?	ze ka-sher	這是潔食嗎？
אני יכול לעזור לך?	אני יכול לעזור לך?	a-ni ya-chol la-a-zor le-cha	我可以幫（服務）你嗎？
אני יכולה לעזור לך?	אני יכולה לעזור לך?	a-ni ye-cho-la la-a-zor le-cha	我可以幫（服務）妳嗎？
אתם מוכנים להזמין?	אתם מוכנים להזמין?	a-tem mu-cha-nim le-haz-min	你們要點菜了嗎？
אתה מוכן?	אתה מוכן?	a-ta mu-chan	你好了嗎？
את מוכנה?	את מוכנה?	at mu-cha-na	妳好了嗎？
אתה רוצה לשתות משהו?	אתה רוצה לשתות משהו?	a-ta ro-tse lish-tot ma-she-hu	你要喝什麼？
את רוצה לשתות משהו?	את רוצה לשתות משהו?	at ro-tsa lish-tot ma-she-hu	妳要喝什麼？
כוס מים בבקשה.	כוס מים בבקשה.	kos ma-yim be-va-ka-sha.	請給我一杯水。
עוד משהו?	עוד משהו?	od ma-she-hu	還要別的嗎？
חשבון, בבקשה.	חשבון, בבקשה.	chesh-bon be-va-ka-sha	帳單，請。
איפה השירותים?	איפה השירותים?	ei-fo ha-she-ru-tim	洗手間在哪裡？
אותו דבר.	אותו דבר.	o-to da-var	一樣的。

所謂的潔食（כשר），是猶太人因宗教與文化因素而產生的一種規矩，簡單來說不吃豬肉、有帶殼的海鮮、牛和奶製品不能一起煮。但實際上潔食是一套包含原料與烹飪方法的複雜系統，需要認證機構的認證，才能稱為潔食。不僅餐廳，所有食品、飲料都需要潔食認證，猶太人才能安心食用。

星期六 יום שבת

日常表達 ביטוי

MP3-093

印刷體	手寫體	發音	中文
?מה שלומך	?מה שלומך	ma shlom-cha	你好嗎？（對男性）
?מה שלומך	?מה שלומך	ma shlo-mech	妳好嗎？（對女性）
!אני בסדר	!אני בסדר	ani be-se-der	我很好！
!טוב לי	!טוב לי	tov li	我很好！
!סבבה	!סבבה	sa-ba-ba	酷、很棒！
נעים מאוד.	נעים מאוד.	na-im me-od	很高興認識你。
?מה זה	?מה זה	ma ze	那是什麼？
?מה קרה	?מה קרה	ma ka-ra	哪裡有問題？ 有什麼問題？
לא משנה.	לא משנה.	lo me-sha-ne	沒關係。
אני עייף.	אני עייף.	ani a-yef	我累了（男性）。
אני עייפה.	אני עייפה.	ani a-ye-fa	我累了（女性）。
אני חולה.	אני חולה.	ani cho-le	我病了（男性）。
אני חולה.	אני חולה.	ani cho-la	我病了（女性）。
אין בעיה.	אין בעיה.	ein be-a-ya	沒問題。
אל תדאג.	אל תדאג.	al ti-dag	別擔心。

MEMO

נספח
附錄

・附錄 1：希伯來語母音
・附錄 2：自我測驗解答

נספח
附錄

附錄 1：希伯來語母音

　　希伯來語是表音文字，書寫文字只有子音（又稱輔音，consonants），沒有母音（又稱元音，vowels），母音符號為公元 6 ～ 9 世紀，才由馬索拉文士編制，在子音上加「點」與「線」來表示母音。因為加上「點」與「線」後，不會改變字母本身，所以死而復活的現代希伯來語，又把「點」與「線」簡化。除了這種加點與線的母音符號之外，還有一些字母如「י」和「ו」會被拿來當作母音。

　　希伯來語字詞的讀音與字義，需依上下文來辨別，並不用母音注音符號特別標明，要知道每個字的讀音與字義，只有多背單字來克服。現在希伯來語初學者教科書、字典、童書有時標有母音注音符號，幫助學習，此外聖經與禱告書依然會標註標母音符號。

　　希伯來語的母音基本上有：/a/、/e/、/i/、/o/ 和 /u/ 共 5 個；另有 /ai/、/oi/ 兩個雙母音。為了說明方便，我們以沒有發音的 א 加上母音符號來示範。

發音	注音	希伯來語母音表記一覽		
/a/	ㄚ	אָ א		
/e/	ㄝ	אֶ א	אֵי	אֵ א
/i/	ㄧ	אִי א	י	
/o/	ㄛ	א אוֹ	א	
/u/	ㄨ	אוּ א		
/ai/	ㄚㄧ	אַי		
/oi/	ㄛㄧ	אוֹי		

＊除了「點點」之外，上表還借用了「י」和「ו」來表示母音。/e/ 和 /i/ 用了「י」表示；/o/ 和 /u/ 則是用了「ו」。先前提過，現代希伯來語省略「點」和「線」，但是「י」和「ו」不是點或線，所以就留下來了，請注意分辨在一個單字中「י」和「ו」是「母音記號」還是「字母本身」。例如我們學過的單字中，好「טוב」（tov），有母音標記時寫成「טׂוב」，「וׂ」的點省略後，只剩「ו」，所以這裡的「ו」（vav）不是發子音「v」而是母音「o」。

＊此外，早期閃族母音沒有記號，所以字尾長母音 /a/（ㄚ）借用了字母「א」和「ה」表示。

＊這樣加起來，有 4 個字母被用來當作母音記號：「א」、「ו」、「י」、「ה」。

נספח 附錄

附錄 2：自我測驗解答

星期日 יום ראשון

1. 配配看：把相同字母的印刷體與手寫體配成一對吧！

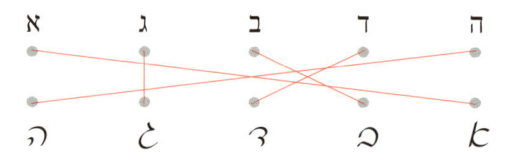

א　ג　ב　ד　ה

ה　ג　ב　ד　א （手寫體，對應連線）

2. 寫寫看：請聽音檔寫下字母。

　　　　　手寫體　　　　　　　印刷體
(1) _____　　　　　　　ד
(2) _____　　　　　　　ה
(3) _____　　　　　　　ב
(4) _____　　　　　　　ג
(5) _____　　　　　　　א

3. 念念看：

　(1) אבא　爸爸　　　　(2) בית　房子
　(3) גוף　身體　　　　(4) היום　今天

4. 連連看：

　(1) דג　　　　　(a) 門
　(2) בית　　　　(b) 牛奶
　(3) דלת　　　　(c) 魚
　(4) חלב　　　　(d) 房子

192

星期一 יום שני

1. 配配看：把相同字母的印刷體與手寫體配成一對吧！

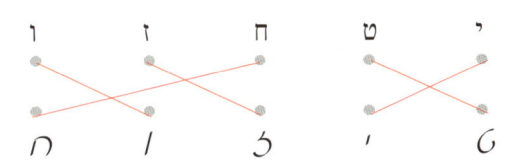

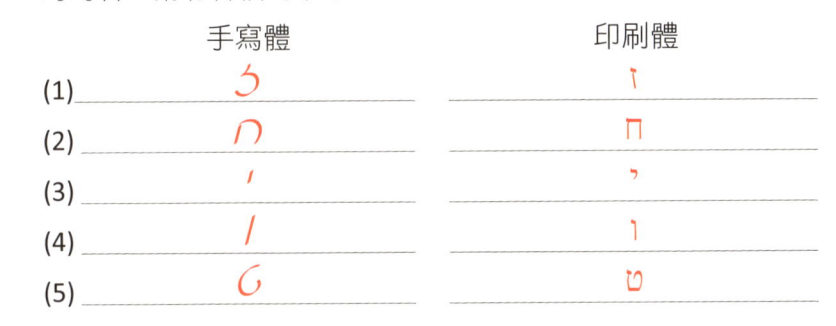

   ו   ז   ח   ט   י

   ת   ו   כ   י   ס

2. 寫寫看：請聽音檔寫下字母。

   手寫體　　　　　　　　印刷體
   (1) _ כ _　　　　　　　_ ז _
   (2) _ ת _　　　　　　　_ ח _
   (3) _ י _　　　　　　　_ י _
   (4) _ ו _　　　　　　　_ ו _
   (5) _ ס _　　　　　　　_ ט _

3. 念念看：
   (1) יפה 美麗
   (2) טוב 好
   (3) חיים 生命

4. 連連看：
   (1) חלה ● ● (a) 海
   (2) ורד ● ● (b) 辮子麵包
   (3) ים ● ● (c) 玫瑰

193

נספח 附錄

יום שלישי 星期二

1. 配配看：把相同字母的印刷體與手寫體配成一對吧！

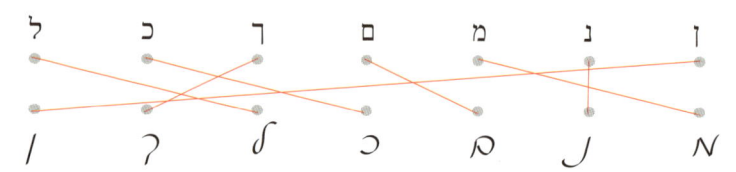

ל　　כ　　ך　　ם　　מ　　נ　　ן

ו　　ך　　ס　　כ　　פ　　ן　　א

2. 寫寫看：請聽音檔寫下字母。

	手寫體		印刷體
(1)	א		מ
(2)	ס		ל
(3)	ן		נ
(4)	ם		ם
(5)	ך		ך

3. 念念看：

　(1) בן　兒子

　(2) לב　心

　(3) מה　如何

4. 連連看：

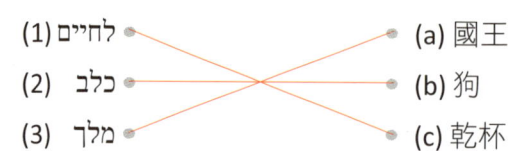

　(1) לחיים　　(a) 國王

　(2) כלב　　　(b) 狗

　(3) מלך　　　(c) 乾杯

星期三 יום רביעי

1. 配配看：把相同字母的印刷體與手寫體配成一對吧！

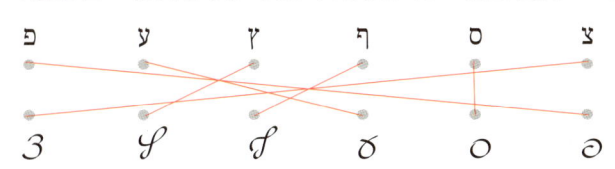

    פ   ע   ץ   ף   ס   צ

    3   ℐ   ℐ   ᴆ   O   ∂

2. 寫寫看：請聽音檔寫下字母。

    手寫體　　　　　　　印刷體
    (1) _____ ᴆ _____ ע
    (2) _____ 3 _____ צ
    (3) _____ O _____ ס
    (4) _____ ∂ _____ פ

3. 念念看：
    (1) סליחה 對不起
    (2) כסף 錢
    (3) צמא 口渴

4. 連連看：
    (1) סוס ●　　　● (a) 眼睛
    (2) עין ●　　　● (b) 雞
    (3) עוף ●　　　● (c) 馬

נספח
附錄

195

נספח 附錄

星期四　יום חמישי

1. 配配看：把相同字母的印刷體與手寫體配成一對吧！

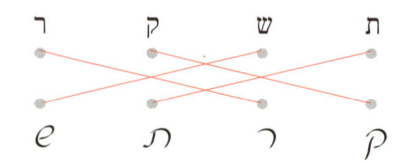

ר　　ק　　ש　　ת

ℓ　　ת　　ר　　ק

2. 寫寫看：請聽音檔寫下字母。

　　　　　　手寫體　　　　　　　　　印刷體
(1) _____ר_____　　　　　　ר
(2) _____ת_____　　　　　　ת
(3) _____ק_____　　　　　　ק
(4) _____ℓ_____　　　　　　ש

3. 念念看：

(1) אש　火

(2) רופא　醫生

(3) שלום　你好

4. 連連看：

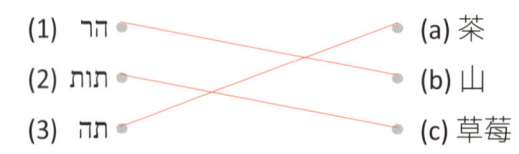

(1) הר　　　　　(a) 茶

(2) תות　　　　(b) 山

(3) תה　　　　 (c) 草莓

MEMO

MEMO

MEMO

國家圖書館出版品預行編目資料

信不信由你,一週學好現代希伯來語字母!　新版 /
許史金著
 -- 三版 -- 臺北市:瑞蘭國際, 2025.05
 208面;17×23公分 --（繽紛外語;147）
 ISBN:978-626-7629-37-6（平裝）

1. CST：希伯來語　2. CST：字母

807.61　　　　　　　　　　　　　　114005418

繽紛外語系列 147

信不信由你,
一週學好現代希伯來語字母！新版

作者・中文錄音｜許史金
審閱・現代希伯來語錄音｜夏益多（Ido Shargal）
責任編輯｜王愿琦、葉仲芸、劉欣平
校對｜許史金、王愿琦、葉仲芸、劉欣平

錄音室｜純粹錄音後製有限公司
封面設計｜劉麗雪、陳如琪・版型設計｜劉麗雪
內文排版｜劉麗雪、陳如琪

瑞蘭國際出版
董事長｜張暖彗・社長兼總編輯｜王愿琦
編輯部
副總編輯｜葉仲芸・主編｜潘治婷・文字編輯｜劉欣平
設計部主任｜陳如琪
業務部
經理｜楊米琪・主任｜林湲洵・組長｜張毓庭

出版社｜瑞蘭國際有限公司・地址｜台北市大安區安和路一段104號7樓之1
電話｜(02)2700-4625・傳真｜(02)2700-4622・訂購專線｜(02)2700-4625
劃撥帳號｜19914152 瑞蘭國際有限公司
瑞蘭國際網路書城｜www.genki-japan.com.tw

法律顧問｜海灣國際法律事務所　呂錦峯律師

總經銷｜聯合發行股份有限公司・電話｜(02)2917-8022、2917-8042
傳真｜(02)2915-6275、2915-7212・印刷｜科億印刷股份有限公司
出版日期｜2025年05月二版1刷・定價｜480元・ISBN｜978-626-7629-37-6

◎版權所有・翻印必究
◎本書如有缺頁、破損、裝訂錯誤，請寄回本公司更換

PRINTED WITH SOY INK　本書採用環保大豆油墨印製